NOVEL

Erica Nicolosi

VOLEVO SCRIVERTI

MONDADORI

librimondadori.it
anobii.com

Volevo scriverti
di Erica Nicolosi
Collezione Novel

ISBN 978-88-04-71280-0

I edizione aprile 2019

VOLEVO SCRIVERTI

Al professore Antonino Lisciotto
e alla maestra Antonella Sciliberto,
per avermi insegnato tutto ciò che so.

1

«Linda, sbrigati, o ci farai perdere l'aereo!»

Ebbene sì: mi chiamo Linda e la mia storia inizia proprio da qui, dall'urlo esasperato di mia madre e dal mio vano tentativo di posticipare la nostra partenza, ma per rendere tutto più chiaro dobbiamo fare un passo indietro. Ho quindici anni, altezza media, capelli castani, anche se l'anno scorso ho avuto la geniale idea di tingerli di rosso e ho ancora qualche traccia fra le ciocche. Gusto imbarazzante in fatto di moda, le cuffie sempre attaccate alle orecchie e pessimo rapporto con il sushi, decisamente.

Questa sono io e al momento sono chiusa nel bagno di un autogrill, mentre mia madre non la smette di bussare, chiedendomi di uscire. Avete presente quella scena di *Shining* in cui il marito perde il senno, vuole uccidere la moglie e comincia a battere sulla porta del bagno con un'ascia? Ecco, la mia situazione è molto simile. L'odore qui dentro è nauseabondo e le piastrelle sono piene di scritte e di numeri di telefono.

Un aereo per Milano sta aspettando me e la mia famiglia per un viaggio senza ritorno, ma io non sono ancora pronta per dire addio alla mia città e ai miei amici.

Perciò sono chiusa in un metro quadrato maleodorante, sperando che il mio finto e improvviso mal di pancia possa farmi guadagnare qualche giorno in più. A dire la verità, so di non avere speranze: se non mi decido a uscire qualcuno butterà giù la porta. Rassegnata, faccio scattare la serratura. Appena fuori, una boccata d'aria fresca mi dà un po' di sollievo.

Ormai ho imparato a non dare troppo peso ai rimproveri.

Durante il viaggio ho pensato più volte di aprire la portiera dell'auto e scappare. Le rassicurazioni dei miei non servono a granché: non ho timore della nuova vita che sarà, non ho paura di cambiare abitudini, è solo che non voglio lasciare le persone che per me contano davvero.

Mi rifiuto di accettare una scuola senza i miei compagni, un corso di nuoto senza il mio istruttore, un sabato sera senza gli amici di sempre che rappresentano a tutti gli effetti la mia famiglia.

E soprattutto non riesco a immaginare la quotidianità senza Matteo, il mio migliore amico.

Mia madre scuote la testa: «Si può sapere che ti prende? Ti senti male o cosa?».

«No, tranquilla, possiamo andare, è tutto a posto.»

Come no... Se solo potessi mi incatenerei alla porta dell'autogrill.

Mio padre ci sta aspettando in macchina con il motore acceso, neanche avessimo fatto una rapina.

«Vi muovete?» urla quando ci vede scendere le scale.

«Mamma, aspetta!» le dico fermandomi di colpo.

«Che c'è ora?»

«Possiamo tornare indietro a prendere una ciambella da mangiare durante il viaggio? Anche un cornetto al miele andrebbe bene» continuo sperando ancora di sabotare la partenza.

«Cammina! Siamo in ritardo e pensi alla ciambella, al cornetto... Non so, prendiamo anche un caffè?! Quanti anni hai, Linda? Tre?»

No, mamma, l'età non c'entra e nemmeno il cibo. Voglio restare qui, voglio tornare a casa.

Possibilità di fuga con una corsa attraverso i campi? Poche, direi zero.

«Ce ne avete messo di tempo, eh. Pazzesco!» brontola mio padre tutto agitato non appena saliamo in macchina.

«Parlane con tua figlia, Giovanni» taglia corto mia madre.

Vorrei dirle che non è necessario assumere questo atteggiamento ostile, ma decido di tacere per non complicare ulteriormente la situazione.

«Le sigarette? Le avete prese?» chiede mio padre cercando con lo sguardo un ipotetico pacchetto.

No papà, niente sigarette, la mamma era troppo impegnata a battere contro la porta del bagno per ricordarsene.

«Mi spiace, mi sono dimenticata. Le avrei prese se Linda non si fosse barricata dentro l'autogrill.»

«Avevo mal di pancia.»

«Ah, che organizzazione, basta un contrattempo per far saltare i piani, perfetto!»

Ci manca solo che i miei inizino a litigare... Dio, ti prego, risparmiami questa scena. O forse sarebbe meglio così; almeno mi lascerebbero in pace e potrei pensare ai fatti miei. Mi metto le cuffie e mi concentro sulla musica.

Sulle note di Ariana Grande la mia mente ricomincia a vagare. Continuo a pensare alle persone che sto lasciando: amici, parenti, compagni di scuola e... Matteo. Il nostro ultimo abbraccio brucia ancora sulla mia pelle, avrei voluto stringermi a lui per sempre, come se fosse tutto il mio mondo. Come se *noi due* fossimo il mondo in cui abitare.

Matteo non è semplicemente l'amico del cuore, quello che segni in cima alla lista degli invitati alla tua festa di compleanno, quello a cui dedicare post sdolcinati su Facebook.

Quando sono con lui il tempo vola, letteralmente.

Una volta, per gioco, ci siamo anche baciati. Ma io e Matteo non siamo questo. Non abbiamo bisogno di un rapporto che potrebbe stancare, che rovinerebbe tutto. Siamo il bianco e il nero: la fusione del grigio non è necessaria perché ci completiamo anche senza smancerie.

Nessuno mi conosce quanto lui e questo mi spaventa.

Chi mi starà accanto se tutto dovesse andare in pezzi?

Chi mi rassicurerà e mi farà cambiare idea se decidessi di gettare la spugna?

«Quindi, dopo il check-in andremo tutti insieme ai controlli di sicurezza, d'accordo? Niente pipì improvvisa, niente pausa pranzo, niente di niente.»

Vorrei chiudere la bocca a mio padre con un pezzo di scotch, uno di quelli da imballaggio.

«Sì, papà, ma smetti di ripeterlo.»

Abbasso il finestrino e i miei capelli cominciano a svolazzare di qua e di là. Mi è sempre piaciuto questo "effetto speciale", è rilassante. Da bambina mi faceva sentire su un set cinematografico.

«Linda, puoi alzare il finestrino, per favore? Non vorrei che ti prendessi un mal di gola.»

Insopportabile, mi arriva alle orecchie la voce tagliente di mia madre, che mi tratta ancora come se fossi all'asilo. Che mi impedisce di abbandonarmi anche solo per un istante a quello che provo. Questo viaggio in macchina è un incubo.

Sbuffando alzo il finestrino, e addio red carpet.

«Guardati, ti sei spettinata» insiste, osservandomi dallo specchietto.

«Adesso il pilota si offende e decide di non farmi salire!» le rispondo sarcastica.

«Mamma ha ragione, smettila.»

Sul serio, papà? Da che pulpito, proprio tu che stavi per uscire col gilet da pesca se mamma non ti avesse fermato.

È inutile: i miei non capiscono, non mi capiscono.

La loro stessa presenza mi infastidisce.

All'improvviso hanno deciso di ribaltare la mia vita, e adesso pensano anche di potermi spiegare come viverla? Che cosa c'entro io se "papà ha trovato un bellissimo lavoro, ma in un'altra città", come mi ha detto mia madre quell'orrenda sera di due mesi fa?

Non posso fare a meno di mettere nero su bianco tutto il risentimento che provo per loro in questo momento. Quando i pensieri si affollano nella mia testa fino a farla esplodere, scrivere è l'unico modo per metterli in ordine e non farli scappare. Il mio quaderno azzurro è pieno di lettere a nessuno; lettere a me stessa, in fondo. E ora è proprio a voi che sto pensando, sul sedile posteriore di questa macchina sgangherata che ci porterà lontano da qui.

"Carissimi genitori,

se durante una delle nostre liti furibonde dovessi sbattervi la porta della mia camera in faccia, abbiate il rispetto di lasciarmi in pace.

Non cercate di entrare in quello che è il mio mondo solo perché vi sentite autorizzati a farlo.

Tante volte avrò bisogno di stare sola, sentirò la necessità di sbagliare senza ascoltare i vostri consigli e mi farò male. Soffrirò, anche.

Ma questa è la mia età, è il momento di infrangere le regole per poi rendermi conto che avrei dovuto ascoltarvi – anche se non lo confesserò mai.

È il momento di tornare tardi la sera, di ballare con mosse imbarazzanti davanti a centinaia di sconosciuti, la musica a palla.

È adesso che sbaglierò, che monterò su uno scooter per sentire il vento togliermi il respiro.

È l'età degli amori, delle amicizie effimere e di quelle indistruttibili.

È il tempo delle estati interminabili, delle notti senza chiudere occhio, dei quattro in latino e delle interrogazioni andate bene.

Questa doveva essere l'età da trascorrere con chi avevo scelto e con chi a sua volta aveva scelto me, ma ormai quel che è fatto è fatto."

Mia madre si volta a osservarmi. «Che cosa scrivi?» domanda curiosa.

Giro velocemente la pagina prima che lei possa sbirciare.

«Compiti di matematica» rispondo, cercando di risultare il più naturale possibile.

«Ah così adesso per distrarti ripassi le equazioni?» ironizza.

Okay, beccata.

«Sai com'è, non voglio perdere l'esercizio.»

«La nostra piccola ha dei segreti» dice divertito mio padre facendomi l'occhiolino nello specchietto.

«Non ho segreti, papà.»

«No? Quindi sei proprio sicura che sia solo un amico quel Marco, o Mirko forse.»

«Matteo, si chiama Matteo. E lo sai benissimo, smettila di prendermi sempre in giro!»

«Sì, come vuoi. Oh, eccoci, cara puoi leggere cosa dice quel cartello?»

«Per il parcheggio dobbiamo svoltare a destra» risponde mia madre strizzando gli occhi.

Infilo il lettore mp3 e il quaderno azzurro dentro lo zaino. Siamo arrivati, sta accadendo davvero.

Aeroporto di Catania, ore 11:32. Addio, Sicilia.

2

Caro Matteo,

come stai? Sì, ti sto scrivendo direttamente dal mio quaderno azzurro.

Sai che non spedisco mai le mie "lettere". Mi servono soltanto per mettere in ordine il caos che ho nella testa, o almeno per provarci. Sono tracce personali, e in tutti questi anni ho custodito gelosamente le mie riflessioni. Ma tu sei l'eccezione. Con te posso condividere tutto perché so che non mi giudicherai. So di potermi fidare. Voglio che tu sia informato su ogni momento della mia nuova vita. E spero tanto che tu faccia lo stesso; sarà divertente aspettare il postino, nell'attesa che consegni le nostre lettere. Lo farai?

Questo dannato aereo è appena decollato e io non riesco ancora a credere che tutto ciò sia reale: sono già lontana da te, dai nostri amici, dalla nostra città calda e accogliente.

Lasciarti e partire è stato come abbandonare una parte di me... Credo sia per questo che adesso mi sento così sola, come se non avessi più neanche me stessa a consolarmi.

Quante cose abbiamo fatto insieme, noi due...

Adesso mi dici con chi mangerò pizza fino alla nausea? Chi mi prenderà in giro fuori dal camerino di H&M il sabato pomeriggio mentre abbandono l'ennesimo paio di jeans che non mi sta bene? (Sì, lo so, è un'impresa disperata trovare dei vestiti decenti. E anche se ripetevi sempre che mi sta bene il modello a vita bassa, voglio svelarti un piccolo segreto da ragazze: il pantalone perfetto è quello che rende perfetto il sedere! Quindi l'ultima parola spetta al mio lato B.) Chi sopporterà i miei sbalzi d'umore e con chi farò maratone di serie TV*? E il concerto di Ariana Grande? Dovevamo andare insieme... Ero quasi riuscita a convincere i miei a comprare i biglietti!*

Per il viaggio ho indossato la felpa della nostra mitica notte in campeggio. Ti ricordi? Quando siamo usciti dalle tende per avventurarci nel bosco alla faccia dei divieti del capo scout...

Be', non puoi averlo dimenticato.

Forse Walter credeva di risultare autoritario con la sua voce roca e quei baffoni da omino del Monopoli, ma, diciamolo, se dai degli ordini a un adolescente è matematico che non verrai ascoltato.

Sai che ogni tanto ancora mi chiedo come mai nessuno sia voluto venire con noi? Il bosco pieno di lucciole era fantastico!

Certo, poi ci siamo persi e io sono andata in panico, ma questo è un altro discorso.

Con i cellulari senza campo e tu che mi parlavi di "The Blair Witch Project". Un genio! Il minimo che potessi fare era avere una crisi di nervi. Ti ordinavo di starmi attaccato, di non allontanarti da me più di tre centimetri. Ti ricordi? "Non più di tre centimetri!" Ero isterica, continuavo a ripeterlo. Per distrarmi tu cercavi di riprendermi dicendo che avresti caricato il video su YouTube. E ti confesso che quando mi hai parlato del tuo blog su Minecraft, che contava a malapena cinque iscritti, ho pensato: "Suo fratello, i suoi genitori e due amici", ma ho preferito non dirtelo. Non era il momento giusto per ferire il tuo animo da WebStar emergente. A un tratto la paura è magicamente scomparsa.

Non ci importava di niente, nemmeno del freddo terribile che faceva, e noi due in giro con quelle stupide felpe degli scout.

Quando siamo riusciti a tornare alle tende, poco prima dell'alba, ho sentito che io e te eravamo diventati quasi una cosa sola, che tu mi stavi ormai a tre centimetri dal cuore. Volevo scriverti questo.

E ora un maledetto aereo cambierà tutto? Dimmi di no, per favore.

Scrivimi presto, anzi subito.

A3CDC

Linda

3

La sveglia del lunedì è sempre traumatica. Stamattina però lo è all'ennesima potenza: oggi incontrerò la mia nuova classe. Spero che i compagni siano simpatici perché ho davvero bisogno di farmi nuovi amici.

Sono a Milano da meno di una settimana e non posso dire di esplodere di gioia, anzi. Fa freddo, ma non è questo il problema. Più che altro il cielo è di un colore-incolore che mette una tristezza pazzesca e mi fa sentire ancora più forte la nostalgia di casa.

Caccio la testa sotto il cuscino e resisto alla tentazione di scaraventare la sveglia contro il muro.

«Buongiorno alla reginetta della casa! La colazione è pronta, alzati Linda, non vorrai far tardi proprio il primo giorno!»

Neanche il tempo di abituare gli occhi alla luce, che già mia madre mette alla prova il mio udito.

«Arrivo» mugugno dirigendomi verso la doccia.

Il getto d'acqua mi rilassa all'istante. È bello concedersi una piccola "tregua" prima di cominciare la giornata. Il gigantesco Minion di spugna, il bagnoschiuma alla vaniglia... Non concepisco di poter parlare con qualcuno prima di questo momento. Lascio che l'acqua bollente mi scorra sul corpo e cerco di non pensare a niente, nemmeno ai chili in più, che in passato mi hanno fatto così soffrire. Adesso ho imparato a volermi più bene, ma non è stato facile accettarsi. Qualche anno fa ho attraversato un periodo davvero brutto; vivevo ogni esperienza e percepivo ogni emozione in maniera amplificata... Chi è troppo sensibile se la passa male.

«Lindaaa, ti vuoi muovere per cortesia? Il tè si è ghiacciato nel frattempo» urla mia madre bussando alla porta del bagno. Per fortuna l'uomo ha inventato la serratura.

«Arrivooo.»

Colazione lampo, ed è ora di decidere cosa mettersi. Non ho molti dubbi, il mio abbigliamento è più o meno sempre lo stesso. Jeans neri e felpa con il cappuccio, le mie inseparabili sneakers, un filo di mascara e via.

A volte mi dico che dovrei essere più curata, svegliarmi presto la mattina per acconciarmi i capelli e truccarmi alla perfezione, ma la verità è che tutto questo non fa per me. O forse la mia è solo una reazione: mia madre fa la parrucchiera e, guarda un po', io odio pettinarmi. Chissà che nel mio subconscio io non sia un po' "dispettosa". Ora che ci siamo trasferiti per il nuovo impiego di papà, mamma ha dovuto lasciare il salone in cui ha sempre lavorato. Immagino che non sarà facile per lei ricominciare daccapo qui a Milano.

La metro di Milano è più affollata di quanto potessi immaginare, e molto diversa dai mezzi pubblici a cui sono abituata.

Di posti a sedere, a quest'ora, manco a parlarne. Pigiata tra la gente come una sardina, premo "Play" sul mio lettore mp3 e mi lascio invadere dalle note di *Thank U, Next*. Per fortuna c'è la musica. Che ti fa volare lontano col pensiero, sempre. Due semplici auricolari sono in grado di teletrasportarti ovunque voglia la fantasia. Amo la musica, è un mezzo di comunicazione fortissimo, anche se nel mio caso... meglio limitarsi ad ascoltarla. Ho letto su internet che tutti possiamo diventare intonati, basta solo imparare le tecniche giuste per educare la voce. Ho qualche perplessità, però.

La ragazza accanto a me è talmente vicina che potremmo quasi ballare un lento e io non riesco fare a meno di osservarla. A ogni fermata, la folla continua ad aumentare. Questa dev'essere la famosa "ora di punta". È così che Milano dà il suo benvenuto?

Continuo a osservare la ragazza: è davvero bella, con la pelle liscissima e il viso rilassato, mentre intorno a noi sembrano tutti molto nervosi, con l'aria infelice. In effetti c'è poco da sorridere il lunedì mattina, sono io quella strana.

Impreco mentalmente quando la metro frena di colpo e Miss Pelle-di-pesca mi pesta un piede. Abbasso lo sguardo cercando di trattenere una smorfia di dolore e noto che calza un paio di Vans che ho cercato per mesi. Erano praticamente introvabili anche online, poi con il trasferimento e tutto il resto non ci ho più pensato.

«Ehi, ehm, belle scarpe! Edizione limitata, giusto?» le chiedo d'istinto. Forse il clima freddo del nord ha congelato la mia insicurezza. «Dove le hai prese?»

Appallottolo le cuffiette dentro lo zaino in modo disordinato, sapendo che poi troverò il solito groviglio.

Lei alza lo sguardo dal suo cellulare e, dopo essersi scusata per avermi pestato un piede, dice: «Mmh sì, esatto. Revolution Special. In realtà sono un regalo, non so come aiutarti».

Una signora cerca di farsi largo tra la folla trascinandosi dietro un cane enorme e un passeggino. Mi sposto più che posso per farla passare.

«Non importa, grazie lo stesso» rispondo. «Ma qui è sempre così?»

«Cosa?» mi chiede Pelle-di-pesca senza capire il mio spaesamento.

Mi guardo intorno come a indicare il delirio che ci circonda.

«Ah, intendi la metro? Sì, a quest'ora purtroppo sì. Tu non sei di Milano, vero?» mi chiede con un sorriso.

Bang, colpita e affondata.

«Ehm, no.»

«Be', io devo scendere, ciao, buona giornata.»

«Aspetta, anch'io scendo qui.»

Mi accodo a lei mentre le persone dietro di me spingono per farsi largo, borbottando.

«Il tuo accento ti tradisce un po' in effetti. Di dove sei?»

«Sono siciliana, mi sono trasferita da circa una settimana.»

«Oddio la Sicilia! Il mio ex era di Catania, ecco chi mi ricordava la tua cadenza, come ho fatto a non arrivarci subito... Quello stronzo di Vince...» si stizzisce improvvisamente Pelle-di-pesca. «Ecco, non ci siamo nemmeno presentate e ho iniziato a raccontarti la storia della mia vita... Non cambio mai.»

Rido e le allungo la mano: «Piacere, Linda».

«Io mi chiamo Giada, e tra poco sarò ufficialmente in ritardo» fa lei. «E forse anche tu!» aggiunge indicando il mio zaino. «Che scuola fai?»

In effetti tra una chiacchiera e l'altra ho perso il senso del tempo. Fantastico, arriverò tardi proprio il primo giorno, come preannunciato da mia madre. Brava Linda, ottima mossa!

«Liceo classico.»

Giada sembra rabbuiarsi. «Oh... Anche mio fratello.»

«Qualcosa non va?»

«No, niente... Lascia perdere, non è importante.»

Che strano.

«Senti piuttosto, Sicilia Bedda» dice squadrandomi da capo a piedi. All'improvviso è di nuovo allegra. «Io lavoro in un bar da queste parti: perché non vieni a trovarmi dopo la scuola? Nel frattempo ti do una dritta: il tuo giaccone ha un taglio che definire *demodé* è dir poco. Non vorrai affrontare i milanesi imbruttiti vestita così? Quei fighetti figli di papà ti mangeranno viva, hai bisogno di una mano.»

Cos'ha che non va il mio giaccone? Non so se sentirmi offesa o ringraziarla. Io non giudicherei mai lo stile di uno sconosciuto così apertamente, mi sembra piuttosto fuori luogo. A quanto pare le voci sui milanesi così discreti e riservati, ognuno sulle sue, sono solo leggende metropolitane, oppure ho beccato l'unica pazza della città? Milano mi sta proprio confondendo le idee, ma ho un bisogno disperato di farmi nuovi amici, e in fondo rivederla non mi costa niente…

«Okay…» le dico con un sorriso. «Oggi non posso però. Uno dei prossimi giorni passo volentieri. Verso le tre va bene?»

«È perfetto, finisco proprio a quell'ora, così andiamo a farci un giro.»

Ecco, adesso sono ufficialmente in ritardo.

4

Caro Matteo,

pare proprio che ti stia scrivendo ancora, prima di aver ricevuto una tua risposta.

Qui il tempo sembra rispecchiare il mio animo in tempesta, e se fuori piove, il mio cuore annega in una pioggia di incertezze.

Come va a scuola?

Spero che tu ti stia impegnando al massimo, perché meriti di realizzare i tuoi sogni. Già ti immagino col camice bianco, tutto preso ad aiutare chi ne ha bisogno.

Io invece sospetto che questo trasloco farà sprofondare il mio rendimento scolastico e mi sento già in colpa.

Il pensiero di non averti più come compagno di banco mi rende terribilmente insicura: nessun supporto morale se una verifica dovesse andare male, nessuno con cui chiacchierare quando la lezione diventa noiosa. Non ci sei più tu, insomma, e le nostre risate durante la ricreazione mi sembrano già un lontano ricordo.

Non ci sei.

Posto fisso il nostro, terzo banco fila centrale, dove copiare era un gioco da ragazzi e c'era la possibilità di non ascoltare la lezione, nascondendoci dietro i compagni davanti.

Un dramma quando la prof di matematica ha deciso di spostarci all'ultimo banco della fila di destra.

Era arrivata l'ora di dire addio alla postazione che ci aveva ospitati per dei lunghissimi mesi, con le scritte e i disegni lasciati su quella superficie verde a testimonianza del nostro passaggio.

Non che l'ultimo banco ci dispiacesse, tutt'altro, ma il fatto di non avere più Carla e Giovanni seduti dietro di noi era un problema: adesso chi ci avrebbe suggerito durante le interrogazioni senza farsi notare? Nessuno.

Dietro di noi c'era Nessuno.

Fu in quel momento che ci si accese una lampadina. Ricordi? Alle nostre spalle c'era soltanto una vecchia parete un po' scrostata? Perfetto, avremmo creato i nostri nuovi amici.

Ecco come sono nati "Pierfrancesco e Nunzia": due sagome disegnate a matita sul muro, decisamente poco loquaci, ma con un valore speciale per entrambi.

E ora? Spero di inserirmi presto, di non essere condannata alla solitudine.

Tu, Miriam, Antonio e tutti gli altri amici che ho lasciato nella nostra calda isola, voi siete parte della mia vita e mi mancate… moltissimo. Il fatto che voi siate stati in grado di abbattere le mie barriere e i miei limiti è fantastico. Forse potrebbe ricapitarmi anche qui, prima o poi. Quindi probabilmente dovrei smetterla di farmi problemi. Ma è così difficile trovare un vero amico…

Un vero amico non è presente solo nei momenti belli e divertenti. Rimane accanto a te anche quando il mondo sembra sbriciolartisi addosso.

Un vero amico resta quando gli urli di andarsene, perché vuoi stare solo per sfogare la rabbia, la delusione. Sopporta l'Inferno che ti porti dentro cercando di donarti il Paradiso. Ti è vicino quando gli altri ti abbandonano, resta con te perché andare altrove sarebbe come non guardare il finale del proprio film preferito.

Un amico degno di questo nome sopporta tutte le gioie e i dolori che ti appartengono, perché ogni rosa ha le proprie spine che la rendono unica e inimitabile.

Per questo ti ringrazio per avermi dimostrato che l'amicizia esiste, e che quella tra maschi e femmine non è solo una leggenda metropolitana.

A proposito di rose, continuo a pensare alla nostra "piantina".

È spuntato qualcosa? O è una speranza vana? È l'ultima cosa che abbiamo fatto insieme! Ci pensi?

E tu, che fai senza di me? Perché non usi la tua vecchia Polaroid per mandarmi qualche foto di te, di voi, per raccontarmi cosa stai combinando in mia assenza?! Hai girato tutta la città per trovare quel pezzo d'antiquariato, potrebbe essere il momento giusto per usarlo.

Scrivimi, ci conto.

A3CDC

Linda

5

Cara Linda,

è così che dovrebbe iniziare una lettera, giusto?

Sarò onesto, userò la tua come modello per il semplice fatto che non ne ho mai scritta una e anche perché il mio sei meno in italiano è invidioso del tuo nove pieno.

Credevo di aver ricevuto un altro invito al rinnovo di quell'abbonamento che avevo fatto su internet un anno fa, e invece chi ci trovo come mittente? Quella svitata di Linda Giarratana che definisce "reperto archeologico" una Polaroid e poi spedisce lettere manco fossimo nella guerra del '15-18.

Certo quest'idea... comoda, nel 2019! Molto pratica, complimenti. Solo a te poteva venire in mente! Troppo banale Skype, vero? Questa mattina, quando sono andato dal tabaccaio per il francobollo, mi ha guardato come se fossi un tredicenne che chiedeva Marlboro Rosse. Per un attimo ho pensato che mi avrebbe chiesto un certificato di sanità mentale o roba del genere. Si possono scrivere le parolacce in una lettera? Oppure devo iniziare a darti del voi e a chiamarti Miss Giarratana? Ma va bene, mi adeguo alle tue volontà, d'altronde non ti sono mai piaciute le cose scontate.

Allora, dimmi, hai già conosciuto i tuoi nuovi compagni? E come sono questi milanesi, antipatici come li dipingono? Mi raccomando, quando conosci qualcuno non cercare subito di capire che libri legge: punta a un figone stavolta. (Non troppo però, eh: non vorrei essere "rimpiazzato" dal primo palestrato che passa.)

Qua tutto bene, solita vita, niente di entusiasmante. Che vuoi che ti racconti? Che vuoi che ti fotografi, soprattutto?! Space che fa pipì fuori dalla lettiera? Ieri sono andato a quel corso di cinese, ho finto di fare gli esercizi e poi sono andato da Francesco. Sua madre ha preparato la pizza per cena e forse sarebbe stato meglio se l'avesse ordinata con Just Eat o Glovo. Era terribile: impasto bruciato, praticamente carbonizzato, e condimenti inesistenti. Mi sono inventato di non avere fame, quanto ti sembra credibile? ;)

Mi chiedi della piantina, se è germogliata. No, e mi sa che dobbiamo metterci il cuore in pace: del resto, tu con la tua ossessione per le brughiere scozzesi sei andata a scegliere proprio un seme di erica da piantare il giorno prima di partire...

"Erica, per forza." Dovevamo informarci prima e sceglierne un'altra; non è adatta ai climi caldi, ha bisogno di umidità... Vabbe', la smetto, sembro una pagina di Wikipedia. Perfetta per gli elfi e gli gnomi, ma non certo per lo Scirocco. Ti prometto che se cresce ti spedisco una bella ghirlanda da mettere al collo della "Madunina", ahahahah. (O forse, al tuo ritorno, la troverai qui insieme a me ad aspettarti. Chissà, mai dire mai.)

A proposito, come te la passi lassù? La mia siciliana preferita in trasferta. Qui, alla faccia del seme di erica che riposerà in pace per sempre, pare che il tempo si sia fermato a settembre. Non hai mai amato le belle giornate, quelle calde col cielo sereno: erano troppo "banali" per te. Be', adesso potrai goderti le piogge invernali, le nevicate e la nebbia perenne. Buona fortuna, insomma.

PS. Certo che mi ricordo di Pierfrancesco e Nunzia, per non parlare del campeggio, impossibile dimenticare Pollicina... Invece che cercare di risolvere un problema pratico, ovvero noi persi di notte in un bosco con Walter pronto a sbranarci se non ci avesse ritrovato in tenda al mattino, mi raccontavi la fiaba di Pollicino, terrorizzata. Solo tu puoi pensare certe cose! Ma io te lo dico sempre che hai una mente comicamente disturbata, di-stur-ba-ta! (A proposito, signorina, è corretta la divisione in sillabe? Figu-

rati se il tuo rendimento scolastico crolla! Quello nemmeno con le cannonate.) Lo so che facevamo un sacco di casino io e te, ma tu in fondo sei una vera secchia!!!

E per i jeans... Come farai da sola? Dispiaciutissimo di non esserci in quei momenti eh, sia ben chiaro! Adoro H&M e i tuoi mille ripensamenti, non fraintendermi. (Scherzo, e comunque quelli a vita bassa gratificano abbastanza il tuo lato B, davvero non lo hai mai notato?)

Adesso ti saluto, non vorrei che pensassi di essere importante per me.

E non diventarmi troppo melensa, mi raccomando.

(Mi manchi anche tu, scema, ma dimentica il fatto che io l'abbia ammesso.)

A3CDC

Matteo

6

Se mi avessero detto che sarei arrivata in ritardo il primo giorno di scuola, non ci avrei creduto. Insomma, chi non è puntuale almeno il primo giorno? Io evidentemente.

Il liceo è in una strada laterale di un grande viale alberato. Non ho il tempo di guardarmi intorno e apprezzare i dettagli del quartiere in cui passerò le mattine dei prossimi mesi, vado troppo di corsa.

So di essere stata assegnata alla quinta E, ora devo solo cercare di non perdermi tra un corridoio e l'altro. Mi avvio su per le scale dopo aver fatto un gran sorriso al bidello vicino all'ingresso. Preferisco avventurarmi da sola piuttosto che chiedere aiuto a qualcuno: ormai è così tardi che tanto vale fare un'unica brutta figura.

Stringo gli spallacci del mio zaino e accelero il passo sperando di trovare l'aula il prima possibile. La campanella dev'essere suonata da una decina di minuti e in giro non c'è più nessuno. Ma sono l'unica ritardataria di tutta la scuola, oggi? Nel mio vecchio liceo era normale vedere i corridoi popolati fino alle nove. Qui sembra tutto diverso. Eccola, la quinta E. Con un vertiginoso sforzo di fantasia hanno messo tutte le quinte al quinto piano. Mi immagino un raduno di cervelloni, un simposio mondiale, le migliori menti della loro generazione impegnate in questa decisione strategica... Basta Linda, bussa.

Mi faccio coraggio.

«Avanti» dice una voce squillante.

«Permesso» rispondo affacciandomi timidamente alla porta. Più o meno venti paia di occhi mi stanno fissando. Vorrei sprofondare, poi la curiosità ha la meglio: sbaglio o la prof di… algebra, a giudicare dai geroglifici sulla lavagna, sta… sferruzzando?

«Tu devi essere Linda Giarratana, giusto?»

Ecco, ora sì che vorrei morire. Mi giro e scappo? No, credo di essere fuori tempo massimo.

«Sì, buongiorno» rispondo quasi in un sussurro.

«Benvenuta, cara, scegliti un posto.»

Inizio a girare tra i banchi, tra il mormorio dei miei nuovi compagni.

«È quella nuova…»

Sono una marziana caduta per sbaglio sulla Terra? Mi sforzo comunque di sorridere.

Vado verso il primo banco libero che noto, accanto a una ragazza con un maglione fucsia. Quando mi avvicino, lei distoglie lo sguardo. Mmh, carina…

«Ciao» le dico sedendomi.

«No, qui è occupato» mi informa seccamente. «C'è Rossana, solo che oggi è malata.»

«Veronica! Per oggi non c'è problema» interviene la prof dopo aver appoggiato gomitolo e ferri sulla cattedra. «Siediti pure lì, Linda. So che vieni dalla Sicilia, un bel cambiamento! Ti troverai bene qui con noi, vero, ragazzi? E ora riprendiamo con l'espressione: chi viene alla lavagna a correggerla?»

Già, proprio un bel cambiamento. Sublime direi.

Cerco l'astuccio nello zaino mentre la mia nuova, affabile compagna di banco mi fissa con aria di sfida.

«Gentile eh, Vero!» dice una voce alle mie spalle. «Ehi, domani puoi sederti vicino a me, Linda.»

Mi giro e una ragazza bionda con un sorriso largo con le fossette mi allunga la mano.

«Ciao, io sono Angela.»

«Piacere, Linda» le dico con un sorriso riconoscente.

«Lascia perdere Veronica, la gentilezza non è il suo forte» mi sussurra lei. «Sabato prossimo ho organizzato una festa a casa mia. Ci sarà tantissima gente, ci divertiamo. Ti va di venire? Magari è un'occasione per conoscere qualcuno.»

«Ragazze, silenzio. Le presentazioni dopo. All'intervallo.»

«Dammi il telefono, ti segno il mio numero» mi sussurra ancora Angela.

Annuisco e la ringrazio, anche se l'idea non mi entusiasma. Le mega-feste all'americana non sono mai state il mio forte. Di solito la sfigata di turno finisce sempre in un angolo con una noiosissima Coca-Cola Light in mano e, in questo caso, la sventurata sarei io.

«Ma la prof lavora a maglia durante la lezione?» chiedo a Veronica, che stranamente si degna di rispondermi.

«Solo quando interroga o durante i compiti in classe... Del resto questa materia è così noiosa che evidentemente si annoia pure lei.»

Ho l'impressione di essere finita in una gabbia di matti.

La mattina è passata in fretta. Qualcuno è venuto a presentarsi durante l'intervallo, altri invece mi hanno ignorata e quasi l'ho preferito: sforzarsi di sorridere a ogni stretta di mano è snervante. Le battute idiote sulla Sicilia, poi, sono insopportabili.

«Quindi da voi mare tutto l'anno? Ed è il gallo a svegliarvi?» ha chiesto un tipo con la felpa di *Alvin Superstar.* Che cretino! L'ho già segnato sulla lista nera.

Davanti a me ho un intero pomeriggio da passare in solitudine e non ho nemmeno troppi compiti per domani. Papà è al lavoro e mamma andava all'Ikea a fare un po' di acquisti per la casa nuova. Già. Rischio di sprofondare in riflessioni filosofico-malinconiche? Elevato.

"Caro quaderno azzurro,

continuo a rileggere la lettera di Matteo, finalmente ha risposto. Come sto? Non saprei dirlo.

Credo che in parte la mia mente stia affrontando tutto questo come se fosse un viaggio, una sorta di villeggiatura temporanea, ma da qui a breve dovrò metabolizzare il fatto che non prevede una guida turistica a scorrazzarmi in giro per la città. Questa è la mia nuova *casa*. Anche se di casa non ha proprio nulla, al di là del mio cognome segnato su uno stupido campanello.

Casa dovrebbe essere molto più di un semplice contenitore di "parenti". E giuro che amo da morire i miei genitori, ma non basta, non mi basta.

È come se tutti si aspettassero qualcosa da me, e io invece fossi solo in grado di deludere le loro aspettative.

Queste considerazioni mi fanno sentire dannatamente sbagliata e vorrei isolarmi per paura di ferire la mia famiglia. Oggi è un'altra di quelle giornate di pensieri "strani" che mi tormentano.

Questo appartamento è grazioso e la mia camera non è male, anche se vorrei ritinteggiare le pareti. Cerco di colmare le mie insicurezze assecondando ogni tipo di distrazione.

Da quando sono arrivata non faccio che cambiare la disposizione dei mobili come se stessi per ospitare la regina Elisabetta in persona.

Fermarmi e riflettere sulla mia nuova quotidianità sarebbe letale, lo so, ma questo modo vigliacco di ignorare i problemi e la realtà mi intristisce, dimostra tutta la mia fragilità.

Non esiste cosa peggiore del timore di se stessi.

Arrivare a mentire a noi stessi è la prova che, a volte, è meglio anestetizzare le proprie emozioni.

Questo è un lato del carattere che credo di aver ereditato da mio padre.

Già, mio padre, figura estremamente particolare. Parlarne non è mai stato facile per me, perché mi obbliga a spogliarmi di ogni corazza e mi fa sentire vulnerabile.

Quanto avrei voluto uno di quei papà che la domenica ti svegliano con un bacio sulla fronte, che ti portano al parco e passano ore a dondolarti su un'altalena. Uno di quei papà che, leggendo il tuo bigliettino d'auguri per il compleanno, ti strapazzano di coccole.

Mio padre non ha mai fatto nulla del genere, ma in fondo non posso biasimarlo: siamo più simili di quanto io non voglia ammettere e il suo carattere riservato mi appartiene appieno. Da lui ho imparato a dare importanza ai piccoli gesti piuttosto che alle grandi promesse che spesso si dimostrano infondate.

Gli voglio tantissimo bene e so che anche lui me ne vuole: li vedo, i suoi occhi lucidi quando lo rendo orgoglioso di me, occhi in cui mi sono sempre vista migliore di quanto non fossi. Sì, gli voglio tantissimo bene, anche se al nostro rapporto manca quel dialogo schietto e salutare che crea un *noi*.

Queste cose posso raccontarle solo a te, caro quaderno azzurro. Sono forse così sbagliata?"

7

«Linda, è pronta la cena!» urla mia madre dalla cucina, mentre il profumo di pollo e patate al forno fa gioire il mio stomaco.

«Non ci provare, papà, quello è il mio posto» dico appena mi accorgo che sta per sedersi di fronte alla TV.

«Quello è il mio posto...» ripete lui facendomi il verso. «Dài, Linda, non fare sempre storie!»

«Allora, com'è andato il primo giorno di scuola?» domanda mia madre porgendoci i piatti fumanti.

«Sono stati simpatici con te?» si informa premuroso mio padre.

«Sì, è andata bene. A parte la prof di matematica... È un po' strana. Lavorava a maglia.»

«In classe?» si acciglia mia madre. Annuisco. «Ma... a parte lei gli altri sono normali?»

«Direi di sì» rispondo divertita portando nuovamente il mio sguardo sul piatto. Quante calorie avranno tutte queste patate? Lo so benissimo, circa ottanta... Troppe.

«Quelle non le mangi?» chiede mia madre.

«Non credo...»

«Perché? Le ho preparate apposta per te, ti piacciono tanto.»

«Non ho più fame.»

«Non dirmi che hai ricominciato a non mangiare. Ti hanno presa in giro oggi? Qualcuno ti ha dato fastidio?»

I miei genitori sono ancora preoccupati per me da quando in seconda media ho deciso di dimagrire drasticamente, da un giorno all'altro. Ero in sovrappeso, tutti i miei compagni di scuola mi prendevano in giro e a un certo punto non ce l'ho più fatta a sopportare quella condizione: per un periodo non solo ho smesso con le merendine ma mangiavo veramente il minimo indispensabile, sempre meno. Poi pian piano la situazione si è risolta, ma non è stato facile: Matteo mi è stato sempre vicino, poi mi sono iscritta a un corso di nuoto e quello ha avuto un ruolo fondamentale. I miei si sono spaventati molto e ancora oggi hanno sempre un occhio al mio piatto per controllare se, cosa e quanto mangio. E questo per me è veramente fastidioso: ormai sono in grado di regolarmi e di alternare quantità e qualità dei cibi, schifezze e cose sane, pasti leggeri e abbuffate. Voglio decidere per me.

«No mamma, è tutto okay. Lasciami perdere, sono solo stanca» le rispondo innervosita. «Io vado a letto, domani devo alzarmi presto» dico alzandomi da tavola.

«Torna al tuo posto, Linda!» interviene mio padre.

Per tutta risposta mi chiudo la porta della camera alle spalle.

È sempre così frustrante discutere con i miei genitori, e il mio quaderno azzurro è l'unico mezzo per esternare tutta l'insoddisfazione che provo. Come farei senza di lui?

È un periodo complicato.

L'adolescenza è più complessa del previsto e se avessi saputo che sarebbe stata la fase dei mille dubbi e delle infinite paranoie, mi sarei aspettata di meno da me stessa, e invece troppe volte faccio fatica a comprendermi.

Riuscirò mai a essere pienamente felice se non ho ancora capito che cosa mi fa stare bene?

Una vita intrappolata tra mille paure, la mia. Un mare di incertezze che amplifica ogni delusione.

Mai abbastanza bella, mai abbastanza simpatica, mai abbastanza efficiente, mai *abbastanza*.

Da piccoli era normale pensare che il mondo degli adulti fosse una figata; immaginavo che avrei avuto un sacco di amici stupendi, un fidanzato perfetto... ma ho capito a mie spese che il principe azzurro non arriva a cavallo e che le amicizie vere si instaurano col tempo.

Non sopporto i giudizi, li detesto proprio.

E non è che io non voglia assumermi le mie responsabilità, ma, se mai dovessi fallire, pretendo di non essere giudicata.

Io non sono un voto scolastico da catalogare tra le valutazioni sufficienti o insufficienti, non rientro in nessuna categoria.

Sono me stessa, sono vera e trasparente nonostante i tantissimi difetti che mi rendono unica e inimitabile.

Siamo tutti uguali nella nostra rarità e non bisognerebbe mai giudicare una persona di cui non conosciamo la storia e, forse, nemmeno il nome.

Quindi consiglierei a tutti di apprezzare i pregi di qualcuno solo dopo essersi innamorato dei suoi difetti.

Perché io voglio donare tutta me stessa alla mia parte mancante, all'esatta metà, a chi compenserà qualità e lacune: della perfezione non so che farmene.

La quotidianità mi ha sempre annoiato.

Vorrei avere una vita frenetica, mai banale, mai scontata.

Vorrei svegliarmi al mattino senza sapere cosa ha in serbo per me il futuro.

Una cosa che amo della mia età è che spesso per un adolescente la giornata inizia in tarda serata e termina all'alba; la notte è fatta per le grandi riflessioni. Un adolescente affronta ogni cosa, anche la più piccola, con una visione diversa: tutto diventa un'interpretazione personale.

La sveglia sul comodino, anche questa notte, segna le due in punto.

Smarrirmi tra i miei pensieri è il mio destino.

Il bagliore della luna filtra dalle tapparelle creando una piacevole penombra.

Amo quando tutto tace, quando il tempo non sembra fuggire via prima che ce ne accorgiamo.

Le palpebre diventano pesanti, la mente si annebbia zittendo ogni pensiero e io trovo finalmente pace.

8

"Il mattino ha l'oro in bocca" è un detto che non ho mai capito.

Svegliarsi è sempre complicato per me, e anche stamattina eccomi qui con le mie amiche occhiaie, fedelissime.

Per fortuna alla prima ora c'è religione, così posso riposarmi e recuperare un po' di energie.

«Ehi, bella addormentata. Mi aspetto di vederti sabato da Angela» scherza Andrea, seduto nel banco dietro al mio. Per tutto il tempo ha assistito alla visione di una Linda assonnata in stato di trance. È un tipo gentile e simpatico, ma lo conosco appena da qualche giorno e di più non posso dire su di lui.

Mi piace il suo stile, mi ricorda il classico studente americano del college, una specie di Zac Efron in *High School Musical.*

«Verrò verrò» rispondo ridacchiando per il nomignolo che mi ha affibbiato.

L'ora di scienze è l'ideale per continuare a scrivere la lettera a Matteo. Ho letto e riletto la sua risposta fino a consumarla. Ieri in italiano abbiamo fatto un tema su Pirandello, e mi è tornata in mente la nostra gita di terza media alla sua casa natale. Strappo un foglio dal quadernone, sfilo una penna dall'astuccio e riprendo da dove avevo interrotto ieri sera. È il cambio dell'ora e Angela è uscita a chiacchierare, sono momentaneamente sola. O no?

Sento una presenza alle mie spalle. Mi giro, ed è ancora Andrea.

«"Caro Matteo..." Senti senti, qui c'è qualcuno che si scambia delle lettere, che cosa romantica.» Il suo tono è sarcastico ma affettuoso. «E io che volevo chiederti se sabato avevi bisogno di uno strappo per andare alla festa... Mentre tu sei qui che scrivi delle lucciole, quanta poesia!»

«Smettila. Questi sono affari miei.»

«Come vuoi. Magari poi me lo presenti questo Matteo, mmh?»

«Certo, perché no?! Facile...»

«Quindi il passaggio lo accetti o no?»

«Vediamo... Sì grazie, volentieri, a patto che la smetti di prendermi in giro.»

«E chi ti prende in giro? Sono serissimo» mi dice con un sorriso aperto.

«Buongiorno ragazzi» ci saluta la prof di scienze. Il cambio dell'ora è finito e tutti tornano al posto. Veronica passando mi lancia uno sguardo d'odio. Si siede e inizia a parlare fitto a bassa voce con la sua amichetta Rossana. Ogni tanto si girano a guardarmi.

Quando torna Angela le chiedo a bassa voce: «Perché fanno così secondo te?».

«Amore, come sei ingenua. Andrea ti ha appena offerto un passaggio per sabato e secondo te la puoi passare liscia? Quelle gli sbavano dietro tutte e due, Veronica ha anche avuto una breve storia con lui l'anno scorso e mi sa che ci è rimasta un po' sotto...»

Ah ecco, ora è tutto più chiaro. Giustamente Andrea è il belloccio della classe, potevo arrivarci anche da sola.

«Comunque non preoccuparti, tu fregatene: ti piace?» mi domanda incuriosita.

«Ma no, cioè sì, mi è simpatico insomma.»

«Be', avrete modo di approfondire sabato...» mi dice maliziosa mentre queste due davanti non smettono di bisbigliare commenti acidi su di noi.

«È solo stato gentile a offrirmi un passaggio!» minimizzo, anche se in fondo mi fa piacere la proposta di Andrea. Devo solo dirlo ai miei...

L'ultima campanella è sempre un sollievo, uno dei momenti della giornata che preferisco: mi affretto a uscire dalla classe come se avessi un impegno improrogabile, ma in realtà è solo voglia di fuggire.

Ho finito la lettera per Matteo e ho deciso di passare a trovare Giada al bar in cui lavora.

Nei corridoi non c'è il caos a cui ero abituata nella mia vecchia scuola, ma solo un leggero brusio.

Molti studenti sono stranamente raggruppati davanti alla presidenza. Che succede? Mi avvicino in preda a una curiosità morbosa.

Dalle urla che arrivano dall'ufficio della preside sembra che ci sia in corso una lite abbastanza accesa.

«Ehi, bella addormentata, non credevo ti interessassero i pettegolezzi da corridoio!»

D'istinto mi volto e incontro lo sguardo di Andrea che mi osserva sorpreso e divertito.

«Sono pur sempre una ragazza, non lo dimenticare. Sai cosa sta succed...» Lo scatto di una serratura mi interrompe di colpo. Dalla presidenza esce un ragazzo visibilmente agitato, inutile chiedersi il perché.

Sbatte forte la porta facendo sussultare tutti i presenti, si fa largo verso l'uscita, spingendo in modo sgarbato qualche studente, poi scompare in corridoio.

«Prevedibile. Leonardo, film già visto» commenta Andrea.

«Chi è?»

«Leonardo Ferrari, terza A, una serie di sospensioni e due bocciature alle spalle. Si dice che qualche anno fa spacciasse nel bagno dei ragazzi. Per me sono solo voci, ma me lo aspetterei da un tipo come lui.» Scrolla le spalle, suscitando in me un milione di domande.

«Ma credi ch...»
«Senti, Linda, stai alla larga da lui e frena la curiosità. Non immischiarti in brutte faccende solo per il gusto di sapere» mi zittisce Andrea. «O almeno, questo è il mio consiglio.»
Il suo atteggiamento prevenuto mi infastidisce. Ho sempre odiato i pregiudizi e lui si sta comportando come il classico chiacchierone che giudica senza sapere.
Lo saluto frettolosamente e me ne vado.
Leonardo Ferrari, mi ripeto. Un tipo fuori dal comune, diverso.
Proprio come me.

9

Milano non mi dispiace. È più grande e affollata rispetto ad Agrigento, e per me è ancora tutta da esplorare, una vera sfida per il mio pessimo senso dell'orientamento.

Un po' mi mancano le strade, quei vicoli che conoscevo a memoria... Non importa quanto tempo potrà passare: il mio cuore rimarrà sempre radicato nella mia terra.

Quella terra che nel bene e nel male mi ha dato e tolto tutto... Ho deciso però di essere più positiva. In fondo non tutti i cambiamenti sono in peggio, e questo in particolare può rappresentare l'occasione giusta per dare una svolta alla mia vita.

Forse è arrivato il momento di lasciarsi alle spalle gli amori terminati con un "ci sentiamo presto", di accettare che tutto può finire e che niente è per sempre. Che le promesse sono bugie e i "mai" non sono altro che decisioni rimandate a domani.

La distanza può farci capire chi c'è sempre stato e chi invece faceva solo finta di interessarsi a noi.

La distanza, nel mio caso, è un processo di disintossicazione da tutti quei rapporti nocivi per l'anima di cui mi sono drogata nel tempo.

Credo che in passato il mio più grande errore sia stato accontentarmi della mediocrità, di accettare i torti e le scorrettezze per paura di restare sola, non capendo, ingenuamente, che sola lo ero già.

Chi tenta di cambiarti, chi non dà valore a ciò che sei, non ti ama. E non ti merita.

Avrei dovuto arrivarci prima, quando ancora potevo salvare parti del mio cuore, un cuore troppo fragile che ho donato stupidamente a chiunque quando chiunque lo distruggeva.

Se potessi tornare indietro, sarebbe tutto diverso.

Ma non posso.

Il passato è passato e non continuerò a soffrire dietro ricordi remoti.

Il futuro mi aspetta e lo costruirò come lo desidero, vivendo al meglio giorno dopo giorno.

Il destino non è scritto, ognuno è autore della propria storia e io voglio che la mia sia una fiaba. Una fiaba meravigliosa.

Quando sento gli occhi pizzicare, mi costringo ad abbandonare le mie riflessioni.

Dopo molteplici delusioni sono ancora qui, in una metropoli che non mi appartiene, con sogni e aspettative gigantesche. Amo questo lato del mio carattere: ho sempre puntato tutto su di me anche quando sentivo l'uragano investire l'anima. Potevo contare solo su me stessa e proprio questa consapevolezza mi ha dato forza in molte circostanze difficili.

Recupero dallo zaino la lettera indirizzata a Matteo e la infilo nella piccola cassetta rossa e lucida fuori dal tabaccaio. Per tutte le altre destinazioni.

I miei polpastrelli toccano per l'ultima volta quella carta sporca d'inchiostro, soffermandosi sul dislivello creato dal francobollo, percepibile al tatto.

Matteo mi manca.

Un'assenza che mi procura una strana sensazione allo stomaco.

Passare a trovare Giada è l'unica cosa che mi va adesso e questo attaccamento nei confronti di un'estranea è la conferma che sono sola. Che ho bisogno di un amico vero.

Scrivo velocemente un messaggio a mia madre per informarla che tarderò più del previsto e poi mi incammino, sperando di ricordare il tragitto esatto.

Mi piace camminare, mi fa sentire bene, e le mie amate cuffiette rendono tutto più piacevole; così, tra una canzone e l'altra, con le indicazioni di qualche passante, arrivo a destinazione.

I neon dell'insegna proiettano una luce fosforescente tutto intorno.

La vetrina è piena di delizie di ogni tipo e il piccolo cartello con scritto DOLCI PER CELIACI mi fa sorridere. Ricordo ancora quel pomeriggio in cui io e Matteo abbiamo girato per tutta Agrigento per trovare una torta di compleanno senza glutine per mia cugina Anna. A proposito, devo assolutamente scriverle, non ci siamo ancora sentite dalla mia partenza.

All'ingresso, il suono di una campanella sulla porta annuncia l'entrata di un nuovo cliente.

Alla faccia del bar, questa è una pasticceria coi fiocchi! L'ambiente è piccolo ma accogliente, con pochi tavolini dalle adorabili tovagliette a pois rosa e bianchi e le pareti rosa confetto. Dal bancone arriva un profumino davvero invitante.

«Ciao Linda!» esclama Giada dietro alla cassa. È esattamente come la ricordavo, gentile e sorridente. «Sono contenta di vederti. Come stai?» mi domanda andando verso la macchinetta del caffè.

«Tutto bene, grazie. Complimenti, questo posto è davvero molto carino.»

«Be', mica è mio... Sì, la proprietaria ha buon gusto in effetti. Ma vedendolo tutti i giorni ormai non ci faccio più caso.»

«Ti disturbo? È troppo presto? Sono venuta direttamente da scuola.»

«Non preoccuparti. Dài siediti, facciamo due chiacchiere. Tu hai mangiato?»

Faccio segno di no con la testa.

«Ti va bene un toast?»

«Benissimo, grazie mille.»

Sono entusiasta di poter parlare un po' con lei.

Mi siedo, appoggio lo zaino ai piedi del tavolino e controllo le notifiche del telefono.

C'è un messaggio da parte di mia madre che mi raccomanda di stare attenta, uno della Coop che mi avverte di nuove offerte imperdibili e poi un WhatsApp da un numero che non ho salvato in rubrica.

"Ciao bella addormentata, sono Andrea. Ho chiesto il tuo numero ad Angela, spero non ti dispiaccia. Così la prossima volta che ti vedo dormire durante l'ora di religione ti chiamo."

Non posso fare a meno di sorridere.

«Il tuo ragazzo ti ha chiesto di sposarlo o cosa?» mi chiede Giada con aria divertita mentre si sistema di fronte a me con i nostri toast.

«Oh, no. Nulla di simile» rispondo, addentando il mio panino.

«Non dirmi che avevi quella faccia beata perché tua madre preparerà la pizza stasera. Sputa il rospo!» mi incita.

«Niente di che, era un messaggio di un mio compagno di classe...»

«A-ah, a quanto pare Sicilia Bedda ha già fatto conquiste. Complimenti ragazza! Ma dimmi, è carino?»

«Siamo solo amici, anzi, nemmeno quello» ridacchio. «Oggi a momenti lo azzannavo.»

«Ah, avete già iniziato a punzecchiarvi, mi pare ci siano ottime premesse. Comunque non hai risposto alla mia domanda» aggiunge ammiccando, prima di addentare il toast.

«Ma va', che dici, quali premesse... Sì, è carino, ma non mi piace. Comunque sabato ci sarà una festa e lui mi ha chiesto se ci andiamo insieme» le dico facendo spallucce.

«Addirittura! Non vedi premesse, eh? A me questa nuova classe sembra una figata.»

«Dovresti conoscere certi elementi... In generale è molto diversa dalla mia vecchia classe, ma anche la scuola è un'altra cosa, mi sembra più rigida, più severa. Forse la mia è solo un'impressione però.»

«Non lo so se è una scuola rigida, mio fratello è stato bocciato più di una volta lì... ma lui è un deficiente.»

«È la seconda volta che appena lo nomini cambi espressione. Che problema hai con lui?»

«Nessuno, e comunque non mi va di parlarne. Non ci vediamo da mesi... Non vive più con noi; da quando mia nonna è morta si è installato in casa sua. Bello eh, vivere fuori casa e farsi mantenere da mamma e papà? Lasciamo perdere.»

«Cioè lui vive da solo e va a scuola mentre tu lavori e vivi coi tuoi? Fammi capire.»

«Esatto, anche se in realtà da qualche settimana sono andata a stare in affitto. Non è Beverly Hills, ma io ne vado fiera. Comunque... Io e lui siamo come il giorno e la notte. Io faccio l'università, ma non permetterei mai ai miei di continuare a pagarmi tutto, perciò lavoro part time in questo posto.»

«Ti ammiro! E che facoltà fai?»

«Biologia, ho appena fatto domanda per uno stage all'Acquario di Genova che inizia in primavera dell'anno prossimo. Spero che mi prendano.»

«Ma che meraviglia!»

«Sì, certo studiare e lavorare insieme è faticoso, ma per ora ce la faccio. Dài, muoviamoci, che mi sto intristendo. Sono le tre! Io ho finito per oggi: usciamo e andiamo a fare un po' di shopping, sabato mica vorrai presentarti così?! Una festa è un'ottima scusa per comprarsi dei vestiti nuovi. Con un ragazzo carino di mezzo, poi...»

10

Caro Matteo, come te la passi?

Dici che lì non succede mai niente, ma puoi pure raccontarmi di Space, se ti va. Anche se a te non sembra nulla di speciale. Mi farà comunque sentire meglio che essere circondata dai miei nuovi compagni, e direi soprattutto compagne, di classe. Non hai idea, la maggior parte mi guarda dall'alto in basso. Ce n'è solo una simpatica, si chiama Angela ed è la mia vicina di banco, e poi c'è una ragazza, Giada, che ho conosciuto in metropolitana. È più grande di noi ma è gentile, e poi mi sento così sola che una nuova amica è solo la benvenuta.

Agrigento mi manca moltissimo, anche nelle cose che non mi piacevano, come il perenne caldo afoso, o le file di autobus per la Valle dei Templi. Ma dove lo trovi altrimenti il couscous dolce?! Il mio dessert preferito, che qui nessuno sa nemmeno che cosa sia. Mi manca tutto, mi mancate tutti. Ti ricordi la gita di terza media alla casa natale di Pirandello? Mi è tornato in mente perché ora lo stiamo studiando nel programma di italiano. Che scena! Tu eri convinto che fosse una villa, un edificio signorile, invece quando ci siamo trovati davanti a una casa di campagna te ne sei uscito con quella battuta assurda, "Cos'è questa catapecchia?", appena sceso dal pullman, e io a darti le gomitate perché dietro di noi c'era la prof che ti guardava malissimo. E quando durante la visita guidata hai chiesto se potevamo portare via i manoscritti autografi per poi rivenderli a milioni di euro? Ti confes-

so che mi davano fastidio i tuoi commenti, li trovavo fuori luogo, ma adesso a ripensarci mi mancano un po'. Io continuavo a leggere la stupenda poesia sulla sua tomba:

UNA NOTTE DI GIUGNO
CADDI COME UNA LUCCIOLA
SOTTO UN PINO SOLITARIO
IN UNA CAMPAGNA
D'OLIVI SARACENI
AFFACCIATA AGLI ORLI
D'UN ALTIPIANO
D'ARGILLE AZZURRE
SUL MARE AFRICANO

Ma perché perdo tempo a scriverti queste cose? Non apprezzi di sicuro, e di Pirandello non ti importava nulla neanche allora, aspettavi solo il momento della merenda per mangiare il tuo panino con la marmellata.

Vabbe', torniamo a noi. Mi consigli una nuova serie TV? Cosa stai guardando?

E soprattutto, mi mandi qualche foto?! Smetti di farti pregare, dài.

Baci
A3CDC
Linda

11

Miss Giarratana,

rispondo sull'attenti! alla tua richiesta. Come stai?

Oggi forse ho qualcosa da raccontarti, che rallegrerà i tuoi occhi di secchiona. Sai che la prof di scienze è malata da un po', e più o meno da quando sei partita c'è una supplente. È più giovane della Cacci, anzi non è niente male, quasi da farci un pensierino. ;)

Comunque, è fissata con l'ecologia e da quando è arrivata si spara dei monologhi sull'ambiente, la sostenibilità eccetera. La plastica per lei è il demonio. A te piacerebbe di sicuro.

Oggi ho persino preso appunti, così la prossima settimana mi offro volontario per l'interrogazione e poi per un mese sono a posto, che ne pensi? Ormai è chiaro che se ti presenti in classe con la borraccia invece che con la bottiglietta di plastica da mezzo litro già ti prende in simpatia. E ti assicuro che per un sette andrei anche col suo gruppo di volontari a pulire una spiaggia. Sono o non sono un genio del male?

Comunque, argomento di oggi: i fiori che si trasformano. Ci sono quelli che cambiano a seconda dei momenti della giornata, altri che seguono i mutamenti atmosferici e altri ancora che cambiano crescendo. Per esempio, il Cactus grandiflorus è un fiore (bellissimo!) notturno, si apre solo con le tenebre. La Calendula pluvialis e l'Hibiscus trionum si chiudono subito prima della tempesta, quando le nuvole si addensano in cielo. Il Convolvulus versicolor cambia colore nel corso della giornata: rosa al mat-

tino, rosso di pomeriggio e bianco di sera, mentre l'ortensia cambia colore durante il suo ciclo vitale: nasce verde, cresce rosa per poi diventare azzurrina e infine di un turchese sempre più carico prima di appassire.

Sei fiera di me?

Naturalmente non si è parlato di erica. Magari potrei chiedere un consiglio alla prof su come farla crescere in spiaggia? Vabbe', ora non esageriamo.

Le foto ancora non saprei, vediamo se mi viene in mente qualcosa.

E tu, novità?

A3CDC

Matteo

12

Finalmente sabato è arrivato. La settimana è trascorsa più in fretta del previsto, anche se io mi sento sempre bloccata nel limbo delle mie incertezze.

Ho accettato la proposta di un passaggio da Andrea, anche perché la mia conoscenza delle strade di Milano è veramente scarsa, ma soprattutto per evitare l'esperienza patetica di farmi accompagnare dai miei: non esattamente il massimo come biglietto da visita, diventerei lo zimbello di tutta la scuola per il resto dell'anno. Perché è così che funziona, giusto? Passati i tredici anni i genitori devono sparire per magia. Chissà se loro si sentono esclusi.

Certo, ora rimane "solo" da far accettare a mamma e papà il fatto che un ragazzo passerà a prendermi per andare a una festa… ma questo è un piccolissimo dettaglio.

Faccio irruzione in sala da pranzo; mio padre sta leggendo il giornale sul divano.

«Papà, stasera, per la festa…»

«Potrei accompagnarti io, o la mamma se preferisci.»

Ottimo inizio.

«Preferisco andarci con Andrea, papà.»

Lui posa il giornale e mi guarda come se lo avessi invitato a una convention su Marte.

«E chi sarebbe questo Andrea?»

Fantastico, di bene in meglio.
«Un quarantenne che ho conosciuto su un sito di incontri, perché?»
«Come prego?»
«È un mio compagno, papà, chi vuoi che sia? Mi hai sempre rimproverato di essere troppo timida e adesso mi impedisci di coltivare nuove amicizie.»
«Accidenti, Linda! Non ti ho mai vietato di vedere un'amica o di uscire con un compagno di scuola. Non tutto nasce per farti un dispetto. Io e tua madre ci preoccupiamo per te. Non ti sto impedendo di stringere nuove amicizie, voglio solo accertarmi che siano adatte a te e che tu stia bene, sempre.»
Il suo discorso non ha nessuna sbavatura, non posso biasimarlo, non ho nulla da contestare. Mio papà è un padre.
Un padre che dopo averti messo al mondo darebbe la propria vita per la tua.
Semplicemente un padre, un padre vero.
«Ti voglio bene, Linda, anche se non te lo dico spesso. Non dimenticarlo mai.»
È strano sentirmelo dire. È importante, una frase che trasmette sicurezza.
Forse sono così impegnata a riordinare la mia vita che sto tralasciando la cosa più importante: la famiglia. Ho sempre cercato certezze pur avendole già accanto.
Sento il mio cuore rispondere: «Te ne voglio anche io, papà». Un'affermazione che proviene dal profondo della mia anima.
«Ma… si può almeno vedere in faccia, questo Andrea, prima che ti rapisca?»
Incredibile, alla fine è un sì! So bene quanto a mio padre costi accettare una cosa del genere, perciò lo apprezzo ancora di più e colgo la palla al balzo prima che cambi idea.

A quanto pare, Angela ha invitato mezza scuola alla festa. Il che mi fa sognare ma anche preoccupare un po'.
Lo shopping con Giada è stato fantastico. Mi ha dato mol-

tissimi consigli e soprattutto mi ha aiutato a trovare un *outfit* – come dicono le fashion victim – adatto per la serata. Ho comprato una maglia scollata di un viola stupendo da abbinare a una minigonna a vita alta che mi slancia tantissimo.

Di solito a scuola raccolgo i capelli in una coda spettinata, per comodità. Stasera vorrei spazzolarli e tenerli sciolti. Non coinvolgo mia madre per evitare che mi propini qualche strana acconciatura di quelle che piacciono a lei.

Il make-up è l'unico handicap. Giada mi ha consigliato di seguire un tutorial su internet: forse non è una cattiva idea, ma non credo di esserne del tutto capace, anche perché molto spesso usano prodotti che non ho mai sentito nominare.

Ho sempre ammirato quasi con venerazione le make-up guru, mentre io riesco a malapena a disegnare due linee simili con l'eye-liner... Stasera però vorrei tanto evitare l'effetto-Picasso e trovarmi con un occhio diverso dall'altro.

Niente fondotinta, mi limito ad applicare il mascara sulle ciglia e a ripassare il contorno inferiore degli occhi con una matita nera. Ho deciso anche di prendere in prestito dalla pochette di mamma un rossetto rosso opaco. Niente male davvero: il risultato finale sembra perfetto, semplice e per niente volgare.

La mia figura riflessa allo specchio mi piace. Mi vedo proprio carina, e sono al settimo cielo.

Certo, se indossassi delle scarpe eleganti al posto delle solite sneakers sarebbe meglio.

In quel preciso istante sento suonare il citofono. Mia madre si è già precipitata alla porta e poi è corsa in camera mia. È più su di giri di me.

«Linda, è arrivato Andrea... Oh, sei davvero splendida» si complimenta.

«Grazie!» Infilo il cellulare e un pacchetto di fazzolettini nella borsetta.

«Aspetta!» mi dice quasi inorridita indicandomi i piedi. «Non vorrai andare con quelle scarpe?»

«Non ne ho un paio più adatto purtroppo, e poi queste sono carine, dài» le rispondo cercando di convincere più che altro me stessa.

«Non mi sembra che si intonino molto con il tuo abbigliamento. In camera mia dovrebbe esserci un paio di stivali neri: provali. Fai in fretta però, non è corretto far aspettare quel povero ragazzo.»

Perché non ci ho pensato prima? Io e mamma abbiamo lo stesso numero.

Mi precipito nella sua stanza e provo al volo gli stivali: decisamente meglio! Bye bye sneakers.

Faccio capolino in sala, dove mio padre e Andrea stanno, ehm, socializzando. Che strana scena, siamo tutti un po' imbarazzati.

«Ciao... Eccomi, andiamo?» dico in un soffio.

«Wow! Linda che trasformazi... Voglio dire, sei molto bella stasera.»

Mio padre reagisce con un colpo di tosse, io arrossisco.

Per fortuna è tardissimo, così abbiamo la scusa per dileguarci ed evitare ulteriore imbarazzo.

Il viaggio in scooter con la gonna non è la cosa più comoda del mondo. Mi sento un po' a disagio, ma ho deciso di lasciare a casa tutte le paranoie. Afferro timidamente la vita di Andrea.

«Ti conviene tenerti forte, tesoro» mi avverte accelerando.

So che sto arrossendo, ma per fortuna lui non può accorgersene. Per il resto del tragitto rimaniamo in silenzio e io ne approfitto per riflettere su quel "tesoro" con cui mi ha chiamata.

Andrea è molto carino con me, ma preferisco pensare che sia semplicemente il suo modo di fare.

Arriviamo a destinazione prima di quanto mi aspettassi, forse perché Angela abita vicino a casa mia, forse perché Andrea ha corso un po'.

È una villetta circondata da un giardino, cosa piuttosto insolita per Milano, da quanto ho capito.

«È un posto grandioso!» dico eccitata al mio accompagnatore che annuisce divertito dal mio comportamento infantile.

Il portone d'ingresso è spalancato. All'interno la musica è assordante e tutti stanno ballando. Io e Andrea ci guardiamo sorpresi. Probabilmente neanche lui si aspettava una festa del genere, ma l'idea non ci dispiace affatto... Forse.

«Ragazzi!» ci chiama qualcuno. Angela sventola la mano tra la folla. «Finalmente siete arrivati. Che ve ne pare? Un vero sballo, eh?» ci domanda entusiasta. Sembra molto orgogliosa del suo mega party e non posso certo darle torto, anche se io avrei organizzato una serata più tranquilla...

«Già, è forte» le confermo annuendo.

«Permesso! Spostatevi cazzo, devo andare!» urla una voce alle nostre spalle.

Una ragazza con i capelli blu si fa largo quasi a spintoni tra me e Andrea e si dirige verso la porta. Ha l'aria di una che sta piuttosto male.

«Brava, vattene!» dice una voce maschile.

Mi giro d'istinto e... lo vedo.

Leonardo Ferrari.

Sembra furioso. Ed è già la seconda volta che assisto a una sua lite.

Indossa un paio di jeans neri attillati e una camicia bianca leggermente sbottonata.

I lineamenti del suo viso sono duri e le sue iridi, di un azzurro ipnotico, risaltano ancora di più per il contrasto con i capelli castani.

Lo osservo impalata come se fosse una specie rara, mi manca solo il microscopio.

Non appena il suo sguardo serio si posa su di me, mi sento avvampare. Mi ha beccato proprio mentre lo fissavo, che figura!

Adesso anche lui mi sta squadrando da cima a fondo e io mi sento così a disagio che non trovo niente di meglio da fare che girarmi. Grandioso, Linda, sei davvero pessima.

«Sul serio lo hai invitato? Ma sei matta?» chiede Andrea ad Angela.

«Ti vuoi rilassare? Non litigherete come cane e gatto, vero Andre? Non crearmi problemi stasera» risponde lei.

«Questo dovresti dirlo a lui, non a me» ribatte Andrea alterato. Per tutta risposta Angela scuote la testa e se ne va.

«Che significa? Vi conoscete quindi?» domando sospettosa.

«Ti ho già detto di non immischiarti, Linda.»

Il suo atteggiamento nei miei confronti è ambiguo, come se volesse nascondermi qualcosa. In più mi innervosisce questo accanimento contro Leonardo.

«Vado a cercare il bagno» dico per liquidarlo e mi allontano ignorando la sua voce che mi chiede di aspettare.

Inutile dire che ho inventato una scusa. Mi avventuro nella villa cercando di farmi strada tra gli invitati. Nel salone principale c'è un gran viavai di persone, molti ballano, alcuni sono sprofondati sui divani bassi ricoperti da enormi cuscini colorati, altri semplicemente stanno in piedi a chiacchierare, con un bicchiere in mano. Non conosco davvero nessuno, a parte qualche nostro compagno di classe, ma non ce ne sono molti: stranamente non mancano Rossana e Veronica, le due Miss Simpatia. Appena mi vedono si girano dall'altra parte facendo finta di non conoscermi. Stanno parlando con dei ragazzi più grandi e figuriamoci se vengono a salutarmi o tantomeno me li presentano. È evidente che puntano molto su questa serata. Veronica ha un vestito tempestato di paillettes e un paio di tronchetti leopardati. Mi scoccia riconoscere che le stanno bene. Rossana invece indossa un tubino argentato che non è esattamente il top dell'eleganza. Sembra un tonno, le manca giusto la pinna; qualcuno poteva pure farglielo notare.

Vabbe', mi dirigo in cucina, dove tavolate di cibo sono esposte insieme a grandi quantità di alcol. Noto con piacere una porta che dà sul retro e senza pensarci due volte esco da lì.

Mi ritrovo in giardino, e a quanto pare non sono sola. Noto alcune coppiette intente a pomiciare sul muretto e altri che si accendono una sigaretta e fumano in tranquillità.

Mi siedo anch'io cercando di passare inosservata.

Forse non sarei dovuta venire. Ho accettato un invito per poi stare da sola, la solitudine non mi abbandona mai.

Nonostante ciò, nonostante tutto, è una bella serata.

Il cielo è sereno e puntellato di stelle luminose.

Un cielo che separa ma non divide.

Un po' come le persone: possono essere distanti ma l'affetto tra loro resta immutato.

E il mio per Matteo è rimasto lo stesso in tutto questo tempo.

Quel ragazzo sarà sempre parte di me, ovunque andrò, ovunque sarò.

È come se fossimo legati da un filo, costantemente vicini.

A volte mi chiedo se ripongo in lui troppa fiducia, ma è stato l'unico a non tradirla mai.

Vorrei trovare aggettivi per descriverlo, emozioni per raccontarlo, ma sarebbe sempre troppo poco, troppo banale. Troppo riduttivo.

È sempre stato la mia àncora e il mio "ancora" in un sacco di situazioni.

"Provaci ancora, Linda." Mi sembra quasi di sentirlo.

Ha sempre creduto in me, lo ha sempre fatto. Era lo scudo protettivo dalle ingiustizie, lo spiraglio di speranza nelle difficoltà.

È sempre stato lui, semplicemente lui. Sincero, autentico.

Lo ringrazierò per sempre perché per sempre ci sarà.

Le persone stanno rientrando in casa. Mi incammino anch'io, non mi va di restare sola. Poi una voce interrompe i miei passi.

«Scusa, hai da accendere?» Un ragazzo visibilmente ubriaco mi si avvicina barcollando, una sigaretta tra le dita.

«No, mi dispiace» rispondo allontanandomi.

«Ehi, dove vai? Non dire bugie.» Mi afferra per un braccio, costringendomi a fermarmi.

«Non fumo, mollami!» mi scuoto quando lui aumenta la presa. Mi sta facendo male.

«Allora dammi qualcos'altro, forza, non essere timida,

bellezza» insiste. Mi stringe a sé e inizia a baciarmi il collo freddo.

Sono paralizzata dal disgusto e non so come reagire quando, di colpo, qualcuno lo allontana da me.

«Non hai sentito cosa ti ha detto? Ti conviene andartene prima che ti gonfi la faccia.»

Leonardo. D'istinto mi nascondo dietro di lui.

Con mio immenso sollievo, il ragazzo se ne va.

Non appena i miei occhi lucidi incontrano i suoi, di un azzurro penetrante, faccio un passo indietro. La vicinanza tra noi era eccessiva...

Leonardo mi osserva con insistenza come per accertarsi che sia tutto okay.

«Stai bene?» mi chiede in un sussurro. La sua voce roca mi provoca i brividi.

«N-no» gli rispondo tra i singhiozzi.

Potrei dire che va tutto bene e andarmene, ma non so mentire, o forse non voglio farlo con lui.

«Sei la ragazza di Andrea? Ti porto da lui?» domanda ancora, addolcendo appena l'espressione.

«N-non sono la sua ragazza...» Adesso sono io a sussurrare.

Il suo sguardo curioso mi sta studiando e per un attimo mi sento al sicuro.

«Come ti chiami?» chiede avvicinando una mano al mio viso. Mi sfiora una guancia e la sua pelle calda al contatto con la mia, fredda, mi fa rabbrividire per la seconda volta.

Il suo pollice raccoglie una mia lacrima.

«Linda.»

«Non piangere, Linda. Ti chiamo un taxi per tornare a casa» mi dice sfilando il cellulare dalla tasca dei jeans.

«No, davvero, non è necessario che...»

«Io invece penso di sì. Del resto non ti perdi niente, come vedi non è una gran festa» mi rassicura con un sorriso dolcissimo.

Mi sento tremendamente piccola in sua presenza e riesco quasi a percepire il suo sguardo che brucia sul mio corpo.

Mando un messaggio ad Andrea spiegandogli che me ne torno a casa per un improvviso mal di stomaco. Devo smetterla di usare sempre questa scusa prima che qualcuno mi chieda se soffro di disturbi alimentari.

Entro in macchina ancora sconvolta sotto lo sguardo vigile di Leonardo che osserva me e il taxi andare via.

13

Che serata.

Apro svogliatamente gli occhi assonnati e li punto sulla sveglia che segna le dodici e quaranta: tardissimo. Una volta a letto non riuscivo a prendere sonno e sono rimasta sveglia a leggere e a riguardare vecchie foto sul cellulare fino a notte fonda. Ho un mal di testa martellante: di certo non è colpa dell'alcol, dato che me ne sono andata senza bere niente, ma dell'assurdità della festa in sé. Mi strofino gli occhi, tra uno sbadiglio e l'altro, quando sento la vibrazione di un messaggio in entrata. È Giada.

"Buongiorno, dormigliona! Il tuo ultimo accesso indica le tre di notte, non sarai ancora a letto?! Allora, com'è andata la festa? Mi devi raccontare tutto... Oggi non lavoro, ci facciamo un giro?"

Proprio quello che mi ci vuole per sopravvivere alla giornata, penso leggendo il suo WhatsApp. Le rispondo subito. "Perfetto! Ci vediamo in centro verso le due?"

Non posso saltare il pranzo coi miei, senza contare che ho speso tutto quello che avevo per il taxi... anche se ovviamente dirò di essere stata riaccompagnata da Andrea. Non ho apprezzato per niente il suo comportamento di ieri, non l'ho proprio capito. E anche se vedo che mi ha inviato dei messaggi non ho alcuna intenzione di rispondergli.

Ho sempre odiato le persone prevenute o poco sincere, e Andrea ha assunto tutti quegli atteggiamenti insopportabili. A volte mi viene voglia di fuggire in un posto dove ci sono solo io, lontana da tutto e tutti. Io e distese immense. Mi piacerebbe tantissimo visitare la Scozia e l'Irlanda. Il freddo e la brughiera battuta dal vento: ecco come mi immagino la libertà. Altro che versioni di latino e greco… Chissà se un giorno riuscirò a coronare il mio sogno.

Sono persa in queste fantasie quando dalla cucina arriva la voce di mia madre. «Lindaaa! Pensi di alzarti o devo venire lì con un secchio d'acqua gelata? È quasi l'una, puoi darmi una mano?»

È ufficialmente troppo tardi, devo uscire da questo limbo. Sto per alzarmi e raggiungere mia madre quando lei irrompe in camera mia.

«Tuo padre è fuori a pranzo per un impegno, siamo solo io e te, che ne dici di aiutarmi a sistemare un po' la casa? Qua sembra che sia esplosa una bomba nucleare.»

Possibile che sia così difficile capire che vorrei che rispettasse il mio spazio? Uno spazio solo mio, dove stare in compagnia dei miei pensieri e lasciare tutto il disordine che voglio… Le scarpe sul tavolo, il cappello sotto. Cambierà qualcosa nell'universo se non metto subito a lavare i calzini nel cesto della biancheria?

La mia stanza è il mio piccolo mondo, l'unico posto dove posso essere me stessa. Piangere a dirotto sul letto, provarmi vestiti davanti allo specchio o fare le verticali contro il muro; scrivere sul mio quaderno azzurro, ascoltare musica a tutto volume e restare in biancheria intima nelle stagioni afose. Qui ci sono soltanto io, senza filtri, senza finzione. E per quanto in questa nuova camera io non abbia passato la mia infanzia e gran parte della mia adolescenza, la sento comunque come un rifugio. In quella di prima tenevo delle bambole di pezza sullo scaffale più alto. Le avevo vinte da bambina a una fiera. Erano così importanti per me, eppure… «Quelle non le portiamo, Linda, non c'è più spazio e sono inutili» ha detto mia madre al momento di fare gli scatoloni, e così sono rimaste lì. Non c'è niente in queste quattro mura che mi ricordi l'infanzia, niente di niente. Comunque, per quanto per il momento sia ancora spoglia di legami affettivi, è pur sempre la mia stanza, il mio mondo. Credo di poter decidere da sola se e quando mettere in ordine, no?

Tuttavia sono quasi sicura che l'unico modo per farmi dare il permesso di uscire con Giada più tardi sia assecondare mia madre, perciò mi vesto e la seguo in cucina. Certo che in questo periodo è veramente assillante! E io ho solo voglia di scappare.

Come previsto, dato che mi sono offerta di preparare il pranzo (la cotoletta con gli spinaci, il mio piatto forte) Miss Ordine e Perfezione non ha fatto storie o domande particolari. Sono uscita e i verbi di latino li ripasserò stasera... Forse. Anzi, a dire la verità mi ha anche allungato una mancetta. Credo proprio di potermi concedere un giro da Sephora alla ricerca di un nuovo gloss, magari di quella tonalità *nude* che amo tanto.

Alla fermata del 16, il tram che mi porterà in Duomo all'appuntamento con Giada, c'è solo qualche persona infreddolita. In ogni caso la città oggi ha un aspetto molto più tranquillo. Alcuni si avventurano persino in bicicletta, nonostante non ci siano piste ciclabili decenti. L'atmosfera è tutto l'opposto rispetto al delirio della metropolitana del lunedì mattina. A quanto pare oggi i milanesi hanno inserito la "marcia lenta" del dì di festa.

Sul tram una vecchietta impellicciata mi sorride allegra. Chissà chi è? E com'è la sua vita? Sembra felice di essere uscita da sola a fare una passeggiata in questa domenica di novembre, con il cielo lattiginoso che tra poche ore diventerà buio. Quasi la invidio un po'... Perché invece ogni parte di me è in tempesta?

Le sorrido anch'io prima di scendere.

Per ritrovare l'effetto "metropolitana all'ora di punta" basta passeggiare in Corso Vittorio Emanuele la domenica pomeriggio, ma forse un po' di confusione mi aiuterà a non pensare troppo.

Davanti alla porta centrale del Duomo, Giada si sbraccia per catturare la mia attenzione. Mi faccio strada tra la gente in coda all'ingresso e la raggiungo.

«Ciao!» la saluto sventolando appena la mano.

«Ciao Linda, eccoti!»

Ci abbracciamo con gioia.

«Allora, programma per oggi? Un salto da Starbucks e poi andiamo a cercare dei trucchi decenti?! Ho finito il mio blush. Che ne dici?»

«Perfetto, devo comprare un gloss, così mi aiuti a scegliere il colore, sono indecisa.»

«Mmh il gloss... sei sicura? Fa veramente Eighties... Le labbra lucide mi sembrano così volgari... Vuoi mettere con l'eleganza di un effetto matt? Un bel color geranio, del tipo: "Eccomi qui, provate a prendermi". Oppure se ti senti timida... mattone! Della serie: "Ehi ragazzi, oggi sto un po' sulle mie". Ma il gloss trasparente proprio no. Lo trovo... ipocrita, ecco.»

«Tu sei completamente pazza. Andiamo a berci un cappuccino che sto congelando» le dico ridacchiando.

«D'accordo. Anzi, no: prima i trucchi. Ma quindi com'è andata questa festa? Vuoi raccontarmelo o devo inviarti una domanda scritta su carta bollata?» mi chiede prendendomi a braccetto quando arriviamo a Cordusio. A un lato della piazza, un artista di strada in abito dorato è sospeso in aria mentre dei ragazzini gli girano intorno ridendo per scoprire il trucco.

«No, no, certo che te ne parlo, scherzi? Anzi non vedevo l'ora di chiederti che ne pensi, sono molto confusa.»

«Tanto per cambiare... Spara. Partiamo dai fondamentali: com'eri vestita? Mi aspettavo una foto su WhatsApp! Hai messo la gonna che abbiamo comprato insieme?»

«Sì! Hai ragione, scusa. Non te l'ho mandata perché ero in ritardo, è passato a prendermi un mio compagno.»

«A-ah. Eccoci. Quello di cui mi hai parlato al bar?»

«Sì, ma non volevo raccontarti di lui.»

«Hai capito la furbetta? Cioè, sei qui da due settimane e stiamo già parlando di più di un ragazzo?!»

«No aspetta, non fraintendermi. Quello che mi ha accompagnato, Andrea, è solo un amico, anche se ha dei comportamenti strani.»

«Cioè?»

«Fin troppo gentile, non saprei... Forse troppo diretto?»

«Quindi il fatto di piacergli ti infastidisce? Sei più strana di quanto pensassi, Linda.»

«Ma no, non è questo. Ci sono degli aspetti di lui che non mi convincono. A volte sembra prevenuto, geloso, diciamo che giudica eccessivamente, secondo me, e inoltre credo che mi stia nascondendo qualcosa.»

«Frena frena frena. Cos'è questa? Una psicoanalisi o un modo troppo poetico per dire che non fa al caso tuo?»

«È che ho altro per la testa in questo momento...» ammetto scrollando le spalle.

«Ecco sganciata la bomba, lo sapevo! Chi è?!» mi chiede euforica.

«È un ragazzo più grande. Così diverso da tutto il resto, da tutti gli altri...»

«Ti sei presa una cotta?»

«Io... credo di sì.»

«Ti sono venuti gli occhi a cuoricino, guardati! Parlami di lui, com'è? Un topo da biblioteca? Per quel poco che ti conosco mi aspetto di tutto.»

«Cosa? No! Tutt'altro. È un tipo molto misterioso, sta sempre sulle sue. Mi intriga tantissimo. È... diverso.»

«Misterioso, eh? Credo di aver capito il tipo e io sceglierei di sicuro i complimenti sfacciati dell'altro belloccio.»

«Intendi Andrea?» le chiedo curiosa di sapere la sua opinione.

«Sì, lui.»

«Perché?»

«Non lo so, Linda, non mi piacciono i tipi tenebrosi. Io

lascerei perdere e andrei sul sicuro puntando su Andrea, mi ispira molto di più.»

Quando entriamo da Sephora un piacevole getto di aria calda ci investe e ci scompiglia appena i capelli.

«Quindi mi consigli di lasciar perdere le emozioni? Lui inizia a piacermi davvero.»

«Posso solo dirti che dietro le personalità cupe non c'è sempre un povero agnellino ferito da salvare… Fidati, lo so per esperienza. A noi ragazze piace quell'aria misteriosa che nasconde chissà che… ma a volte è solo un brutto carattere. Alcuni sono degli stronzi patentati e basta.»

«Non è possibile, lui è diverso!»

«Okay, come ti pare, ho afferrato il concetto!» mi risponde prima di lanciarsi alla ricerca del rossetto perfetto.

14

Lunedì. La mia voglia di tornare a scuola è vicina allo zero assoluto. Avete presente quelle mattine in cui il letto ha un effetto calamita? L'unica prospettiva felice è quella di rivedere Leonardo. Ho cercato di non pensarci troppo durante il weekend, ma è rimasto comunque l'unico pensiero che valesse la pena avere. L'idea di incrociarlo per caso in corridoio mi provoca letteralmente un brivido lungo la schiena.

Le mie speranze si smontano del tutto quando Andrea è la prima persona a individuare il mio sguardo. Snervante.

Mi viene incontro prima ancora che abbia il tempo di posare lo zaino.

«Scusami per sabato, non volevo offenderti o rovinarti la serata» esordisce cacciando le mani nelle tasche della felpa. «Ma perché ti sei arrabbiata così tanto? Praticamente sei fuggita.»

Non posso continuare a ignorarlo come ho fatto con i suoi messaggi in segreteria. Certo che è proprio assurdo che faccia il finto tonto...

«È tutto okay» mi limito a rispondere, anche se non lo è per niente. Credevo ci fosse sincerità nel rapporto che stava nascendo tra me e lui, ma non è così. Evidentemente qualcosa di più importante lo lega a Leonardo, qualcosa che io non devo sapere.

«Linda, non fingere che vada tutto bene. Per favore, lasciamoci questa storia alle spalle» dice con un tono un po' scocciato, come se io stessi ingigantendo la faccenda.

Con la coda dell'occhio mi accorgo che Rossana ci sta fissando, attenta a non farsi sfuggire nulla di questa scena, per poterla riferire alla sua amica Veronica. Andrea le piace, è chiaro a tutti, peccato che lui non se la fili nemmeno per sbaglio.

«Ross, ma non hai niente di meglio da fare che ascoltare noi? Perché non ripassi le declinazioni, eh? Così magari ti offri pure volontaria per l'interrogazione» le propongo inviperita. Lei diventa rossa come un mezzo cocomero e si gira dall'altra parte. Volevo rimettere Andrea al suo posto e invece ho finito per discutere con Rossana: comincio a pensare che qualcuno stia sfidando la mia pazienza.

Per fortuna il suono della campanella mette fine ai nostri battibecchi. È il momento di tirare fuori il famigerato vocabolario di latino. Mi chiedo a cosa serva studiare una lingua morta e sepolta. Sì, okay, l'italiano è una lingua neolatina e deriva da lì e bla bla bla. Sinceramente, me ne importa ben poco. Forse il liceo classico non è stata la scelta migliore. Voglio dire, sono sempre stata un tipo creativo, piena di inventiva e immaginazione… Tutto questo mi annoia a morte. Ho l'impressione che non ci sia mai lo spazio per esprimere il proprio punto di vista. L'antica Roma è l'antica Roma, stop. Non critico affatto questo tipo di studi, ma forse non fa per me. Mi chiedo quale sarà il mio futuro dopo il diploma. Probabilmente mi iscriverò all'università e per pagarmi gli studi lavorerò come commessa da McDonald's o come lavapiatti in pizzeria. Magari troverò un impiego part time come Giada, oppure aiuterò il signor Rizzotto, il proprietario della libreria del mio quartiere ad Agrigento. Chissà.

Non appena la prof chiama alla lavagna i primi due interrogati, sento vibrare il mio cellulare. "Eddai…"

È chiaro che Andrea non si rassegna facilmente.

"Non dirmi di fare finta di niente" gli rispondo. "Perché non riesci a essere sincero? Cos'è che non posso sapere? Perché tutto ciò che riguarda Leonardo deve rimanere un mistero?"

"Ma perché ti interessa tanto quel teppista? E soprattutto, perché allora queste domande non le fai direttamente a lui?!"

Quel teppista. Non dovrei ridere di fronte a questo termine, ma è più forte di me.

«Giarratana e Solci, abbiamo il cellulare dentro l'astuccio?! I prossimi alla lavagna siete voi due, così imparate a distrarvi. Continua a tradurre, Morelli. *Animadvertunt fere ex primo partu, quod non multum in reliquis mutat*...»

Stupendo. Grazie alla mia risatina demenziale ho guadagnato una bella interrogazione di latino, che affare.

All'intervallo riesco finalmente a scambiare due chiacchiere con Angela. Andrea però non molla, e piomba di nuovo al mio banco.

«D'accordo, Linda, come vuoi, seguimi» mi dice serio guardandomi negli occhi.

E prima che io possa ribattere mi trascina con sé senza mollare la presa dal mio braccio.

Rossana sta schiumando di invidia.

«Dove stiamo andando?» gli chiedo quando siamo in corridoio. «Tra cinque minuti dobbiamo tornare in classe» insisto, ma mi rendo conto che lui non ha intenzione di rispondermi.

«Ti porto in un posto» mi dice senza voltarsi. «Scommetto che non hai mai sentito parlare dello "stanzino segreto".»

«Andre, non so cosa stai dicendo, ma... Ehi, mi fai male al braccio!» Ma che gli prende? Non capisco.

«Ora ti racconterò come stanno le cose e chi è veramente il tuo bel Leonardo.»

La nostra scuola ha le pareti curve ed è piena di rientranze. In una nicchia in fondo al corridoio c'è una porta. Andrea si guarda intorno: non c'è nessuno, quindi apre la porta e mi fa segno di seguirlo. Ecco, ora mi sento come Alice che per seguire il Bianconiglio si infila nella sua tana e cade fino al centro della Terra. Unico dettaglio, noi non cadiamo da nessuna parte, anzi iniziamo a salire delle scale. Ma che posto assurdo è questo?

Adesso siamo nella soffitta della scuola. Andrea apre un'altra porta ed entriamo in una specie di abbaino con una finestra senza vetri. Ci sono delle sedie e un grande divano con una coperta e dei vecchi giornali a terra.

«Benvenuta, principessa Linda. Spero che questa suite le piaccia, si accomodi pure.»

«Vuoi spiegarmi qualcosa?» gli chiedo con un tono interrogativo.

«Siamo qui per questo.»

«Cioè?»

«Volevi sapere tutto, no?»

«L'intervallo è finito...»

«Non importa, tanto la Banni ha da finire il suo maglione rosso, non si accorgerà mai dei nostri banchi vuoti. Siediti. Un bicchiere di vino?»

«Che cosa? Ma sei impazzito?»

Andrea allunga un braccio dietro al divano e solleva una bottiglia già aperta.

«Non ci penso neanche, metti via quella roba, non fare lo stupido.»

«Come vuoi, allora non perdiamo altro tempo» dice sedendosi sul divano. «Io e Leonardo venivamo spesso qui insieme, con altri ragazzi. L'ho conosciuto l'anno scorso. Lui ripeteva la seconda. Sai com'è, un tipo che si fa notare. Alle assemblee e manifestazioni era sempre in prima linea con un megafono in mano e così, a forza di incrociarci, mi ha parlato di questo stanzino dove si riuniva con altri di seconda B per fumare durante l'intervallo.»

Strabuzzo gli occhi. Accanto al divano ci sono delle cartine buttate in un angolo. Tutto questo non mi piace per niente.

«E quindi?»

«Ehi Miss Perfezione... mai fatta una canna in vita tua?»

Scuoto la testa.

«Neanche un tiro? Guarda che non è male, poi la Banni che sferruzza la vedi alla moviola, sai che risate?»

Faccio per alzarmi e andarmene ma Andrea mi trattiene per un braccio.

«Tranquilla, non ho intenzione di metterti la polverina nel bicchiere: chissà che ti aspetti che succeda qui, nella metropoli... Niente caramelle dagli sconosciuti mi raccomando. Ma ad Agrigento che facevi coi tuoi amici, a parte contare le lucciole nei campi?»

«Mi stai dando della stupida? Adesso chi non fuma è un idiota senza una vita socialmente interessante?»

«Frena, bella addormentata, non intendevo questo» dice stravaccandosi sul divano.

«E cosa intendevi allora?»

«Cosa facevi ad Agrigento? Sono curioso» mi chiede accendendosi una sigaretta.

«Una volta sono andata a vedere la casa di Pirandello, col mio migliore amico, se ti riferisci alle "lucciole" che hai spiato dalla mia lettera. So che per te può essere noioso, ma...»

«Raccontami» mi interrompe lui, mentre una nuvoletta di fumo esce dalle sue labbra. In realtà non sono sicura che sia davvero interessato.

«Ma è un posto magico. Sulla sua tomba c'è una poesia che dice: "Una notte di giugno caddi come una lucciola sotto un pino solitario".»

«Sembra una canzone dello Zecchino d'Oro» commenta lui sbadigliando.

«Tu mi piaci sempre meno, sei proprio un idiota.»

«Mmh... sei sicura?» dice sporgendosi verso di me e fermandosi a cinque centimetri dal mio viso.

«Sicurissima» gli rispondo immobile, sostenendo il suo sguardo. «E ora parlami di Leonardo. Mi hai portato qui per dirmi che vi fate le canne? Sai che notizia. Potevi anche evitare.»

Andrea sbuffa e sprofonda di nuovo all'indietro sul divano alzando una nuvola di polvere. Questo posto è orribile, e fa anche freddo.

«E va bene, Linda Giarratana, ti chiedo scusa... Come te lo racconto Leonardo? Come te la spiego la nostra amicizia quando adesso non esiste più? L'anno scorso io e Leo eravamo inseparabili, giocavamo anche a calcetto insieme. Lui è più grande di noi, è già maggiorenne e vive da solo, perciò spesso con altri ragazzi ci si trovava a casa sua, serate stupende. È andato tutto alla grande fino all'occupazione della scuola a dicembre. Lì sono entrati degli esterni, degli ex studenti che hanno distrutto mezza palestra. Leo si è sempre esposto molto, è stato uno dei primi a essere accusato di averli fatti entrare. Il preside gli ha estorto il nome dei complici e lui indovina chi ha indicato?»

Inizio a mettere insieme i pezzi di questo puzzle deprimente.

«Io non c'entravo niente...» riprende Andrea. «Probabilmente il preside gli aveva promesso l'impunità ma capisci? Tu romperesti un'amicizia, tradiresti un tuo amico così? Alla fine siamo stati sospesi tutti e due. Solo che lui aveva diciannove anni, pluriripetente, è stato promosso comunque... I professori non vedono l'ora di toglierselo di torno. Io mi sono salvato perché avevo dei buoni voti, ma i miei mi hanno fatto saltare le vacanze estive, pensa che figata. E ora che sai tutto, spero tanto che tu sia soddisfatta.»

Non so cosa dire. Non so se credergli, ma Andrea sembrava sofferente mentre raccontava questa storia.

«Linda, mi hai chiesto di essere sincero con te e io lo sono stato. Leonardo è cambiato, si è dimostrato una persona del tutto inaffidabile, e adesso frequenta pure della brutta gente. Non è il caso che ti racconti altri episodi squallidi.»

Sì, forse è più che sufficiente per oggi, ne ho sentite abbastanza. E poi, se Leonardo sta per essere risucchiato in un buco nero, tanto vale che cerchi di scoprirlo da sola, avvicinandomi a lui.

«Non dici niente?» mi chiede incredulo. «Non ti sembra grave quello che ti ho raccontato?»

Annuisco, ma ho solo voglia di tornare in classe.
«Ma certo» dico fissandolo imbambolata.
In questo momento, in questa soffitta gelida, ho un solo pensiero.
E si chiama Leonardo Ferrari.

15

Avevo deciso di parlare con lui. Perché porsi dei limiti?

Avrei fatto finta di trovarmelo davanti all'improvviso all'uscita oppure sarei passata davanti alla sua aula durante l'intervallo. Di certo non avrei immaginato di vederlo in Sormani, la biblioteca dove vado a studiare il pomeriggio quando non ho voglia di tornare a casa.

Coraggio, Linda, buttati, continuo a ripetere a me stessa davanti alla porta.

Faccio avanti e indietro lungo il corridoio cercando di formulare un approccio sensato. "Ehi, ciao! Ti ricordi?" No, troppo esaltato. "Posso sedermi? Ah, ma sei tu!" No, troppo demenziale. È possibile che sia così complicato? Un semplice cenno con la mano non andrebbe bene? Oppure un banalissimo "ciao"?

Al diavolo le paranoie, entro decisa abbandonando i miei timori sulla porta.

Prendo un libro a caso da uno scaffale e mi avvicino al suo tavolo. A ogni passo sento il cuore che batte sempre più forte, come se si stesse ingigantendo.

Allungo la mano per scostare la sedia di fronte alla sua.

«È occupato?» mormoro per non disturbare gli altri studenti.

Leonardo si limita a fare un cenno con la testa e io mi accomodo, togliendomi la sciarpa e appoggiandola sul tavolo.

Lui tiene gli occhi incollati sulle pagine e io mi perdo a osservarlo. Ha i capelli castani appena più corti ai lati e alcuni riccioli del ciuffo gli arrivano sugli occhi. Indossa un paio di jeans a sigaretta e un maglione nero a collo alto appena aderente. Sul dorso della mano destra ha un piccolo tatuaggio, credo una rondine.

A un certo punto lui si accorge che lo sto fissando; si tira indietro il ciuffo e mi fissa a sua volta. Mi sento avvampare e mi concentro su un punto indefinito della stanza.

Sento Leonardo ridacchiare appena e percepisco il suo sguardo su di me.

«Riproduzione suina?» dice divertito.

I nostri sguardi si completano, come se le sue iridi chiare potessero portare pace nella tempesta che ho dentro.

«Cosa?»

«Il titolo del tuo libro» mi risponde indicando la copertina.

Mi maledico mentalmente per l'ennesima figuraccia.

«Ah giusto, è per un progetto di scienze» mento.

«Un progetto di scienze» ripete lui tornando a concentrarsi sul suo libro.

«Comunque grazie per l'altra sera.»

«Di nulla, Linda.»

Il mio nome pronunciato dalla sua voce mi fa un effetto stranissimo, come se centinaia di elefanti comparissero di colpo nel mio stomaco.

«Non credevo di trovarti qui.»

«Non credevo fossi una persona prevenuta» ribatte lui riportando la sua attenzione su di me.

«Non mi conosci» rispondo stizzita.

«E tu non conosci me» mi provoca, sporgendosi in avanti e avvicinando il suo viso al mio. «Signorina So-tutto-io.»

Mi alzo, ignorando il rumore stridulo della sedia sul pavimento, ma lui mi blocca il polso con la mano.

«Non andare via.»

«La mia compagnia non sembra gradita» rispondo offesa, anche se il mio cuore si sta contorcendo dal piacere.

«Se la tua presenza mi avesse infastidito ti avrei detto che la sedia era già occupata.»

«Non dirlo mai più» gli intimo con voce debole tornando a sedermi.

«Che cosa?»

«Non mi piace essere giudicata per ciò che non sono. Io con te non l'ho fatto. Non ti ho paragonato a nessuno perché sono convinta che ognuno di noi è unico e irripetibile, non esistono categorie» dico ispirata.

Leonardo mi osserva con attenzione.

«Ti piace leggere?» mi domanda di punto in bianco. Perspicace il ragazzo...

«Stai cercando di conoscermi?»

«Forse.»

«Mi piacciono i gialli» dico sinceramente. È il mio genere preferito, amo la suspense che mi distoglie dalla realtà. «E poi... ora in classe stiamo facendo un lavoro su *Il fu Mattia Pascal* di Pirandello: è la storia di un uomo che odia la propria vita al punto da fingersi morto per scappare e ricominciare tutto da un'altra parte, con una nuova identità. Ti dice niente?»

Si appoggia allo schienale annuendo.

«Senti senti... Anch'io vorrei fingermi morto per qualcuno, circa tutti i miei professori. E poi ricominciare con una nuova identità, lontano dai libri. Pirandello me lo ricordo, comunque: non diceva che siamo le maschere che indossiamo? E tu, qual è la tua maschera?» chiede.

La vibrazione del mio cellulare rompe all'improvviso il silenzio che si era creato tra noi: guardo il display con la coda dell'occhio, c'è un messaggio WhatsApp di mia madre. "Linda ricordati di passare a ritirare la mia giacca in tintoria, per favore! Io non faccio in tempo, sono dal grossista a cercare i prodotti per capelli. A dopo."

Mamma sta cercando di riprendere la sua attività, per ora da casa. Ha iniziato a spargere la voce tra le vicine e presto probabilmente avrà le sue prime clienti. Merda, chi si ricordava della giacca in tintoria? Proprio non ci voleva.

«Devo andare, ci vediamo in giro» dico a Leonardo prima di dileguarmi, maledicendo tutte le giacche e le tintorie del mondo.

È così strano.

Leonardo è in grado di risvegliare in me domande che sono rimaste sigillate nella mia anima troppo a lungo, domande che mi spaventano. Come potrò interessarmi a una persona… o amarla se prima non amo me stessa? Se devo ancora recuperare i pezzi del mio cuore distrutto per ricomporlo? Come posso permettermi di togliere la corazza che ho costruito nel tempo, delusione dopo delusione? Forse, a forza di anestetizzare ogni emozione, sono diventata come tutti quelli che odiavo senza rendermene conto, priva di sentimenti?

Per troppo tempo mi sono sentita come una bottiglia svuotata del proprio contenuto. Una bottiglia che non possiede più il suo liquido perché qualcun altro lo ha bevuto.

E ora non posso fare a meno di ripensare a Leonardo. Mi innervosisce il fatto che lui sia così presente nei miei pensieri. Sono perennemente divisa tra il cuore e la mente. Me li immagino come due diavoletti sulle spalle, che sussurrano al mio orecchio consigli opposti.

Da un lato preferirei togliermelo dalla testa. Vorrei dimenticare i suoi occhi. Vorrei non avere la consapevolezza che a ogni suo sorriso la mia ragione va in tilt.

Dall'altro, però, non voglio che accada. In sua presenza percepisco chiaramente il formicolio lungo il collo, le mani sudate, il cuore che accelera i battiti. Mi trasporta fuori dalla quotidianità, lontano dalla monotonia, perché con lui ogni emozione è nuova, diversa.

Forse è quello giusto al momento giusto, o forse ho solo bisogno di crederlo.

In ogni caso voglio andare più a fondo.

Ho l'impressione che, in qualche modo, potremmo salvarci a vicenda.

Tornando a casa trovo nella casella della posta una lettera di Matteo.

Sono così emozionata all'idea che mi abbia risposto che saltello per la camera stringendola forte al petto.

Strappo immediatamente la busta, che contiene una Polaroid.

Nella foto ci siamo noi due nella Valle dei Templi, in gita di classe qualche anno fa. È la classica foto delle medie in cui lo spiritoso di turno fa le corna alla prof. Non posso fare a meno di pensare a quanto mi manchi il mio migliore amico.

Agrigento è così lontana da appartenere quasi a un'altra vita...

Milioni di ricordi cominciano a farsi largo nella mia mente e una lacrima calda e salata mi riga la guancia. Mi perdo tra le parole di Matteo come se venissi risucchiata in una galassia parallela.

Le sue battute, scritte nero su bianco, mi fanno sorridere; ho sempre amato il suo senso dell'umorismo.

Sono sicura di avere anch'io delle nostre foto da qualche parte.

Gli risponderò subito e gliene manderò una. Del resto ho anche tantissime cose da raccontargli.

16

Caro Matteo,

ti è mai capitato di pensare a cosa ti rende davvero felice?

Io non ho mai trovato una risposta concreta, perché ho l'impressione di vivere ogni gioia a metà. Mai del tutto soddisfatta.

Ma in fondo cos'è la felicità?

Un'emozione talmente soggettiva da non poter essere raccontata.

Credo che ognuno di noi giochi a complicarsi la vita con illusioni e pretese esagerate. Forse non bisognerebbe aspettarsi nulla, forse le promesse sono matematicamente delle bugie. Chi ama davvero non ha bisogno di promettere che sarà per sempre, perché lo dimostra giorno dopo giorno.

Nonostante tutto, credo che gli amici contribuiscano alla felicità di una persona.

A scuola ho conosciuto due ragazzi in particolare, Andrea e Angela. Siamo in classe insieme e con loro le mattinate passano più in fretta.

Vorrei poterteli presentare un giorno, vorrei che tu fossi partecipe della mia quotidianità.

Odio parlare di te usando il passato visto che il presente non lo stiamo vivendo insieme.

Odio creare automaticamente un confronto quando stringo una nuova amicizia perché tu rimani sempre il termine di paragone irraggiungibile, il massimo.

Vorrei che tu potessi vedere con i tuoi occhi i posti che visito, il mio nuovo taglio di capelli, il dolce che preparerò con tanto impegno ma che alla fine sarà immangiabile lo stesso.

Vorrei che tu fossi parte della mia vita e non solo del mio cuore…

Ho conosciuto un ragazzo a scuola. Ha vent'anni, ma è stato bocciato due volte e adesso è in terza. Non sono sicura che lui mi piaccia e forse, anche se fosse così, avrei difficoltà ad ammetterlo anche a me stessa. È un tipo complicato.

Andrea me ne parla malissimo, in parte perché hanno litigato, in parte perché dice che frequenta della brutta gente, ma ieri l'ho incontrato in biblioteca; stava studiando per la maturità. A me non importa niente del suo andamento scolastico o delle persone con cui esce. Sembra uno capace di pensare con la sua testa; non rincorre le mode e preferisce seguire i suoi ideali invece che adattarsi alla massa.

Rappresenta quella trasgressione che mi ha sempre incuriosito, e tu che mi conosci puoi capirmi. Anzi, probabilmente solo tu puoi farlo. A chi potrei raccontarlo? Non posso parlarne con nessuno perché nessuno mi capirebbe o approverebbe.

So che non dovrei correre, ma controllare il mio cuore è diventato ormai impossibile. Insomma, come si fa a contenere i sentimenti? Nonostante la mia razionalità mi suggerisca di smetterla di concedermi a esperienze che potrebbero ferirmi, io non voglio impormi dei limiti.

È assurdo, sono qui a scriverti di uno sconosciuto…

Mi chiedo perché io senta il bisogno di condividere tutte queste riflessioni su una persona che, in fondo, non conosco nemmeno.

Perché prima di buttare una lattina di Coca sono diventata una di quelle deficienti che fanno il gioco della linguetta e tirano più forte quando arrivano all'iniziale desiderata? Dentro di me balenano milioni di "perché" a cui non so dare una risposta.

Non mi capitava da un sacco di tempo di specchiarmi prima di andare a scuola, i capelli perfettamente in ordine, i colori dei vestiti abbinati. Tu mi conosci…

Mi sento così strana.

Come se nel mio animo ci fosse una rivoluzione in corso. Al momento non sono in grado di descrivere con chiarezza quello che provo nei suoi confronti.

Nelle nostre lettere dovrei parlarti di me, della mia nuova vita e delle nuove esperienze, ma non riesco a focalizzare la mia attenzione su nient'altro che non sia lui.

Forse appallottolerai questa carta sporca d'inchiostro per usarla come pallina da ping pong, e non potrei biasimarti.

Comprendo che tu possa sentirti annoiato da tutta la confusione sentimentale che sto cercando di descriverti, ma avevo bisogno di sfogarmi, di "parlarne" con te.

D'altronde, sapere che queste riflessioni non rimarranno prigioniere dentro il quaderno azzurro mi rasserena. So per certo che non avrei potuto scegliere miglior confidente di te; tu che sei più di un amico, tu che rappresenti quel fratello che non ho mai avuto e molto di più. Sei sempre stato l'unico a preoccuparsi per me anche quando ti dicevo di non farlo, che andava tutto bene. Non importava quanto fingessi di essere felice: tu riconoscevi la mia tristezza e non volevi che cercassi di nasconderla dietro a un sorriso forzato.

Tutti dovrebbero avere un amico come te.

Quindi ti ringrazio, e lo farò per sempre per avermi dato tutto ciò di cui avevo bisogno. Una spalla su cui piangere, un compagno di avventure, un consigliere. Un fratello premuroso, un amico memorabile.

Mi sento così fortunata ad averti nella mia vita.

Ora ti saluto. Sei arrivato alla fine di questa lettera… riposo, soldato.

Ti voglio bene scemo,
A3CDC
Linda

17

Il mercoledì è sempre stato per me il giorno del limbo. Sprofondato in mezzo alla settimana, lontano dal lunedì quanto dal venerdì. E il tempo sembra immobile.

Perché se la prendono tutti con il lunedì? Voglio dirlo chiaro e tondo: caro mercoledì, non mi sei mai piaciuto.

Oggi sono felice perché mia madre, per una volta, ha deciso di accompagnarmi a scuola in macchina. La metro è sempre talmente affollata che questo è un vero regalo.

L'aria calda nell'abitacolo crea una patina di vapore che appanna il finestrino gelato, impedendomi di guardare fuori. Strofino la manica del giubbotto sul vetro per ritagliarmi un piccolo spazio da cui sbirciare la strada.

«Mamma, per piacere, lasciami prima di girare l'angolo nella via della scuola, preferisco che non mi vedano arrivare con te, non offenderti, ma sai com'è.»

«Quanti problemi vi fate voi giovani, io proprio non capisco...»

«Non importa, non sforzarti troppo» le dico prendendola un po' in giro e schioccandole un bacio sulla guancia prima di scivolare fuori dalla macchina.

«Passa una buona giornata» mi risponde, rassegnata.

Appena svolto vedo Angela che si avvia verso il cancello e la chiamo.

«Linda Giarratana in anticipo, chi lo avrebbe mai detto!» scherza lei.

«Buongiorno anche a te, Angela» rispondo divertita.

«Ma che freddo fa stamattina?» dice sfregandosi le mani per cercare di scaldarle.

«Guanti antigelo, presenti!» Le mostro i miei guanti termici, stringendomi nel giubbotto.

«Sì ma l'antigelo forse dovremmo berlo a colazione al posto del cappuccino, per sperare di sopravvivere a queste temperature.»

«Sei la solita esagerata... E poi sai che a me piace il freddo? Il mio sogno è fare un viaggio in Scozia e in Irlanda, mi affascinano tantissimo quei posti: la brughiera, le lande desolate...»

«Linda, credo che qualcuno alle tue spalle ti stia fissando» mi interrompe Angela ammiccando.

«Cosa?» domando confusa.

«Girati, tonta» risponde divertita a bassa voce.

Obbedisco all'istante e due familiari occhi azzurri incontrano i miei, scuri.

«Ma tu e Leonardo vi conoscete?» mi chiede Angela sospettosa.

«Be'... abbiamo scambiato quattro chiacchiere, niente di più» le rispondo sulle difensive, ma lei non sembra ascoltarmi. Sta osservando il ragazzo dietro di me mettendomi a disagio.

«Voglio avvertirti che sta venendo da questa parte» mi comunica euforica.

«Accidenti, vuoi smetterla di gridare?!» rispondo nervosa, sperando che Leonardo non si stia avvicinando sul serio.

«Posso rubartela due minuti?» lo sento dire dietro di me, mentre una mano forte mi stringe la spalla.

«Anche dieci» risponde Angela divertita e si allontana facendomi l'occhiolino.

«Buongiorno Linda» mi dice Leonardo con un sorriso pieno di fascino.

I suoi lineamenti risultano semplicemente perfetti ai miei occhi. Riesco a percepire il mio cuore che dalla gabbia toracica saltella fino in gola.

«Ciao» rispondo piano, cercando di nascondere l'agitazione.

«Credo di avere qualcosa che ti appartiene.»

Non capisco di cosa stia parlando. Lui si sfila di tasca una sciarpa... a me familiare: è la mia.

L'ho dimenticata in biblioteca. Ecco dov'era finita.

«Oddio, grazie per averla tenuta. Non sai quanto l'ho cercata» dico provando a riprendermela, ma lui allontana la mano.

«È molto carina in effetti» commenta divertito prima di rimetterla in tasca.

«Non... non me la ridai?» domando confusa con tono deluso, come se avessero negato lo zucchero filato a una bambina piccola.

«Devo pensarci» risponde con aria concentrata.

Rimango a osservarlo in silenzio, mentre i suoi occhi attenti mi scrutano. Non capisco bene a che gioco stia giocando.

«Ci vediamo in giro, Linda» mi dice infine, incamminandosi verso il portone d'ingresso.

«No, aspetta non andartene» lo fermo. «Potremmo vederci dopo scuola» azzardo, ma lui mi sorride e dopo un vago: «Certo, perché no?», sparisce nell'atrio.

Rimango interdetta e mi avvio anch'io: la campanella si sente anche dalla strada, oggi alla prima ora c'è geostoria, e Salvetti non tollera ritardi.

Mi siedo al banco giusto un paio di secondi prima che entri il professore.

«Allora?! Cosa vi siete detti?» Angela non sta nella pelle.

«Niente di entusiasmante» rispondo vaga.

Non voglio confidarle i miei sentimenti, non perché non abbia fiducia in lei, ma per il semplice motivo che non capirebbe. Leonardo è una di quelle persone impossibili da descrivere a parole, e poi l'unico che può capirmi resta sempre Matteo.

Angela è un'amica, ma ho paura dei pettegolezzi; non deve sapersi in giro che Leonardo mi piace più di quanto io voglia ammettere. Inoltre quello che provo è troppo, troppo importante per essere minimizzato da voci di corridoio.

Forse ho semplicemente timore di essere giudicata... Forse le emozioni, a volte, hanno paura di emergere.

«Comunque è proprio un bel tipo, devi ammetterlo» riprende Angela. Niente, non vuole proprio dare tregua al mio tormento. «Se fossi un'agenzia lo avrei già ingaggiato per sfilare sulle migliori passerelle italiane» commenta tutta eccitata solo all'idea.

Annuisco un po' imbarazzata dall'immagine di Leo in passerella quando il prof interrompe i nostri discorsi.

«Se le signorine Giarratana e Anastasi volessero degnarci della loro attenzione ne saremmo tutti davvero molto lieti» ci riprende sarcastico. «Angela vuoi andare avanti tu? Di cosa ci stava parlando Rossana?»

«D-dei Re di Roma» azzarda la mia amica.

«Quello è stato dieci minuti fa, non arrampicarti sugli specchi. Invece la signorina Giarratana sa dirci qualcosa?»

Ovviamente non ho la più pallida idea di cosa stessero parlando. E adesso temo una nota sul registro.

Ma Salvetti non sembra intenzionato a procedere.

«Ci scusi, eravamo distratte. Non risuccederà» dico, invocando la sua clemenza.

«Lo spero.»

Abbasso la testa e prendo a fissare l'astuccio come se contenesse un tesoro inestimabile. Mi viene da ridere per averla fatta franca con una frase da finta penitente e non riesco a trattenermi. Mi chino e fingo di allacciarmi una scarpa, ma Salvetti se ne accorge. Possibile che alla sua età abbia ancora un udito così fino?

«Mi fa piacere che tu abbia così tanto spirito stamattina, Linda.»

«Mi scusi, no, me ne rendo conto, non c'è niente da ridere, anzi.»

«Risparmia le scuse. Forse è meglio se vai a farti un giro; esci dall'aula per favore e ritorna quando ti sarai data una calmata.»

18

«Ehi Linda!» Angela mi viene incontro all'uscita di scuola prima che io mi avvii verso la metropolitana. «Le mie compagne di pallavolo vanno a pranzo da McDonald's e mi hanno invitato, ti va di unirti a noi?»

«Perché no?» Come posso rifiutare cibo spazzatura accompagnato da salsa barbecue e Coca-Cola? Non posso, è evidente.

E magari mi aiuterà anche a distrarmi dal mio chiodo fisso. Tra l'altro, gli elefanti sembrano scomparsi, al momento, per far spazio a un timido appetito.

«Perfetto, allora sbrighiamoci, loro sono già lì» mi dice dopo aver controllato la chat con le sue amiche.

In poche fermate di tram raggiungiamo il fast food: dentro c'è un vero e proprio delirio, le file alle casse sono interminabili.

«Però, parecchio affollato» commento.

Angela è determinata a farsi strada tra la gente.

«È normale, Linda, qui non siamo nella tua piccola città» risponde distratta.

Forse non voleva offendermi, ma sono sicura di notare una leggera sfumatura di disprezzo nel suo tono.

Non siamo nella tua piccola città. Che gusto c'è a dire certe cose? Non è da lei, poi.

Vorrei risponderle: "Hai ragione Angela, non siamo in Sicilia e la differenza è notevole, sai?", ma sono sicura che ne scaturirebbe una lunghissima discussione in cui entrambe staremmo sulle difensive, senza trovare un punto d'incontro.

No, decisamente non siamo nella mia *piccola città* e le differenze sono abissali, e non tutte positive...

Decido di ignorare la provocazione e, tra uno spintone e l'altro, seguo Angela che punta il tavolo delle sue amiche.

«Ragazze! Eccovi finalmente.»

«Mariangela! Era ora che arrivassi, stiamo morendo di fame.»

«Non chiamarmi col mio nome intero, Martina, sai che non lo sopporto» risponde la mia compagna di banco. Iniziano a scambiarsi battute senza far caso a me. Che simpatia! Qualcuno per caso si è accorto che ci sono anch'io? Mi sento dannatamente fuori luogo.

«Ah ragazze, lei è Linda, una mia nuova compagna di classe. Loro sono Martina, Agnese, Claudia e Sofia.»

Martina e Agnese sono gemelle. E sono vestite in modo quasi identico: voglio dire, già siete uguali, è proprio necessario? Capisco alle elementari, ma poi... Entrambe hanno i capelli raccolti in una coda e indossano una minigonna che più che altro è una cintura.

Claudia e Sofia continuano a parlare tra di loro come se noi non esistessimo.

«Angela, noi abbiamo ordinato anche per te, tanto prendi sempre le stesse cose, no? Cheeseburger con patatine grandi. E tu... Livia... mi spiace ma non sapevamo, ci vorrà un po', temo» dice Martina indicando le code chilometriche alle casse. In pratica quando tornerò con il mio vassoio loro avranno già finito da un pezzo e mi toccherà mangiare da sola. Perché è escluso che siano così gentili da aspettarmi.

«Mi chiamo *Linda*, comunque nessun problema, figurati» dico determinata. «Iniziate pure, se no si raffredda.»

«Linda, vuoi che ti accompagni?» mi chiede Angela premurosa.

«No grazie, non preoccuparti, ci metto poco» dico avviandomi. Lei non insiste e si accomoda a chiacchierare con le sue simpatiche compagne di squadra.

Era questo il suo piano, invitarmi a pranzo per umiliarmi davanti a un gruppo di arpie? Ho fatto bene a non fidarmi di te, Angela, Angy, Mariangela o come diavolo ti chiami; non sapevo neppure il tuo vero nome. Probabilmente avresti spettegolato su di me e Leonardo con tutta la scuola. Ma perché ti sei trasformata così? È per le tue compagne di pallavolo? Che cosa vuoi dimostrare?

Perché nella società di oggi esiste questo bisogno malsano di omologarsi a tutti i costi? Non sono nessuno se non ho *Instagram stories* sempre aggiornate e l'ultimo modello di Adidas ai piedi? Se non ascolto la solita musica priva di contenuti solo perché il cantante è un vero figo da copertina?

No, grazie.

Continuerò a indossare capi non firmati, leggerò milioni di libri senza pubblicarne la copertina sul mio blog, perché alla fine a chi importa che cosa faccio della mia vita? Siamo convinti che mettere in rete parti della nostra giornata sia normale, ma non pensiamo che, in fondo i momenti felici sono nostri, solo nostri.

Ho una teoria.

La teoria della Polaroid.

Ormai siamo abituati a fotografare tutto ciò che ci capita a tiro e immancabilmente quello scatto catturato con il cellulare deve finire su internet.

Mi chiedo perché sia necessario informare chiunque della propria felicità... Forse perché tanto spensierati e felici non si è.

È divertente riprendersi col proprio migliore amico, con la cugina che abita in Francia e che non vediamo da anni. È bello fotografare un prato fiorito, un tramonto dai colori accesi, ma nei momenti davvero felici ci si dimentica di prendere in mano il cellulare.

Forse è solo un mio problema, sono riservata, complicata, o forse non ho ancora capito bene come gira il mondo, però la penso così.

Una Polaroid (anche se questa vale solo per Matteo, credo) o una foto postata su Facebook suscita in noi le emozioni provate al momento dello scatto, ma gli attimi più belli si custodiscono solo dentro l'anima.

Non voglio fare della mia esistenza una fotografia che chiunque possa sbirciare e commentare a piacimento. I sentimenti, le esperienze sono occasioni personali e bisognerebbe custodirne per sempre la magia.

Mi metto in coda alle casse, augurandomi che il grazioso quadretto alle mie spalle prenda fuoco, o in alternativa che ognuna delle simpatiche componenti si strozzi con il proprio panino.

«Quindi prendi una porzione di patatine piccole, una Coca media e un hamburger, giusto?» mi domanda il commesso dietro al bancone, mentre ricontrolla il mio ordine.

«Sì, esatto.»

«Mangi qui oppure porti via?»

«Lo mang...»

«Lo porta via.»

Sobbalzo per lo spavento, poi mi rendo conto che questo timbro di voce mi è dannatamente familiare.

«Leonardo?!» esclamo girandomi di scatto.

«Quant'è?» chiede al commesso.

«No, Leonardo, non devi» gli dico decisa mentre lui estrae dalla tasca una banconota da venti euro. Non permetto che mi paghi il pranzo.

«Sono quattro euro e cinquanta centesimi, grazie.»

«Okay. Lo può mettere in un sacchetto per favore?»

Cosa?!

«Certo. Grazie e buon appetito» dice il commesso meccanicamente.

Ritiro il mio sacchetto e mi dirigo verso Leonardo, che nel frattempo si è allontanato dalla cassa. Dovrà rispondere a un paio di domande.

«Che ci fai qui?» gli chiedo confusa appena lo raggiungo.

«Suppongo la stessa cosa che fai tu: consumare con avidità dell'orribile *junk food*» risponde tagliando corto mentre mi perdo nelle sue iridi color oceano. «Ti ho visto prima entrare con la tua amica e ho assistito alla scena. Non mi sembrava un granché come tavolata... O preferisci mangiare con loro?»

«Non era necessario che pagassi il mio pranzo.»

«Potresti dire solo grazie, sai?» ribatte infastidito. «È più facile.»

Okay, mi rassegno. Non voglio sembrare maleducata. «Grazie» mormoro.

«Vieni con me» dice mentre la sua mano calda e morbida afferra la mia per trascinarmi fuori. Un contatto minimo, del tutto insignificante, eppure ha il potere di rendermi vulnerabile.

Fuori, una folata di aria gelida mi colpisce la faccia e un brivido di freddo mi attraversa la schiena. Perché questo è un brivido di freddo, giusto?

«Aspetta un attimo, io ero con loro» dico. Leonardo mi osserva con aria interrogativa. «Devo avvisarle, non posso scappare così.»

«Andiamo Linda, pensi che gliene fregherà qualcosa? E non credi che potrebbe essere più divertente venire con me?»

«Cosa vuoi dire?»

«Nulla, solo che ho assistito alla scena e non mi sembrava che ti piacesse stare con loro» risponde deciso. «Secondo te perché io me ne sto sempre per i fatti miei? Le persone le riconosco da lontano, ecco perché le evito.»

«Mi hai spiato?»

«Senti, ti sto solo risparmiando la compagnia di cinque stronze. Siccome ho mangiato voglio andare via da questo posto il prima possibile, cioè adesso. Non è difficile, devi solo decidere se venire con me o no.»

All'improvviso mi sento piccolissima sotto il suo sguardo.

«Vengo con te.»

Il suo sorriso soddisfatto mi fa letteralmente sciogliere: addio patatine, addio appetito.

«Questa è la mia auto» dice.

«Wow...»

«Potrai complimentarti anche guardando gli interni se ti decidi a salire» mi prende in giro ridendo mentre mi apre la portiera.

Menomale che mio padre è in ufficio e mia mamma a casa... Non oso nemmeno immaginare cosa succederebbe se dovessi incrociarli a un semaforo in una situazione del genere; mi chiuderebbero in casa per un mese o forse in un convento per suore di clausura. Così, per sicurezza.

«Sei mai stata ai giardini di Porta Venezia?»

«Cosa? No, mai sentiti.»

«È un posto bellissimo. C'è anche un laghetto con le anatre, con cui potrai dividere il tuo pranzo.»

Mette in moto, e tra noi cala il silenzio. Leonardo tiene una mano sul volante e l'altra sui jeans, gli occhi puntati sulla strada.

«Ti piace guardarmi?» domanda a un tratto e io sento le guance avvampare per la vergogna. Come ha fatto ad accorgersene? Avrei giurato che fosse concentrato soltanto sulla guida. Giocherello con le dita per smorzare la tensione.

«Dovresti stare attento alla strada e allacciarti la cintura» dico per cambiare argomento.

«Ma io sto guardando la strada infatti» insiste.

«Ma non hai la cintura allacciata. Può essere pericoloso, sai? Le cinture non servono solo per evitare la morte, ma anche lesioni gravi; e anche quelle poco gravi clinicamente, ma gravi per la futura qualità di vita del soggetto...» Aiuto. Qualcuno mi fermi, cosa sto dicendo?

«Cos'è? Tuo padre per caso ha una scuola guida o è medico?» ridacchia.

«No, affatto. Una volta dal dentista ho iniziato a leggere una di quelle riviste che lasciano tipo ferri vecchi nelle sale d'attesa.»

«Che storia avvincente, mai sentite di così eroiche.»

Scoppio a ridere per il suo finto stupore.

«A proposito di tuo padre, è un ladro?»

«Non stai per dirmi che ha rubato due stelle e me le ha messe al posto degli occhi, vero?»

«No, in realtà l'ho visto più volte rubare dei magneti per il frigo ai venditori ambulanti in Piazza Duomo. Dovrebbe veramente smetterla con queste scorrettezze, non è onesto da parte sua.»

«Sei un cretino, lo sai?» Le mie risate riempiono l'abitacolo. Nel ruolo del ragazzo onesto e indignato è irresistibile.

«Sei carina quando sorridi.»

Forse ho sentito male, dev'essere per forza così. Magari l'ho solo immaginato, ma poi mi rendo conto che l'ha detto davvero.

Ai suoi occhi sono *carina*.

«Siamo arrivati» mi informa prima che possa ringraziarlo per il complimento.

Scendiamo dalla macchina ed entriamo nel parco attraverso un cancello. I viali alberati coperti di ghiaia sono quasi deserti; è un posto molto tranquillo, sembra incantato.

«È bellissimo qui» commento guardandomi intorno.

«Ti piace?»

«Molto.»

«Ci vengo spesso col mio cane, in questa stagione c'è pochissima gente, solo quelli che corrono» dice mentre ci sediamo su una panchina. «Mi rilassa molto.»

«Quindi hai un cane?»

«A dire il vero è un coniglio, ma mi diverto a portarlo al guinzaglio. Dovresti vederlo, saltella qua e là sotto gli occhi curiosi di tutti.»

Lo fisso senza capire. E se fosse vero? Ridere di lui non sarebbe carino.

«Oh. E come si chiama?»

«Fai sul serio?» Leonardo esplode in una risata sincera. «Avresti dovuto vedere la tua espressione. È ovvio che è un cane. Ma per chi mi hai preso? Per un bambino che non può avere un bassotto perché mamma non vuole e allora porta in giro il criceto o il coniglio?»

D'accordo, forse sono stata troppo credulona.

«Comunque è un cucciolo di Rottweiler, l'ho chiamato Brian, come quello dei *Griffin*.»

Tira fuori dalla tasca un pacchetto di sigarette e se ne accende una.

A dire il vero un po' mi dispiace; è un vizio che ha anche mio padre, e non l'ho mai sopportato.

«Non pensavo fumassi» puntualizzo fissando le sue labbra carnose che aspirano boccate da quell'affare cilindrico.

«Ha importanza?» risponde infastidito. La sua reazione mi sembra eccessiva.

«Dovresti smetterla di stare sempre sulle difensive» sentenzio acida.

Si avvicina al mio viso e per poco i nostri nasi non si sfiorano. Percepisco chiaramente il cuore scoppiarmi nel petto e per un attimo mi perdo nella magia delle sue iridi.

«No. Non sono d'accordo» dice soffiandomi una nuvoletta in faccia.

Mi alzo in piedi cercando di calmare i nervi e di mettere ordine tra i miei pensieri.

Okay, mi trovo in un parco con un ragazzo bello e dannato che troppo spesso si comporta da stronzo.

«Sai cosa ha importanza? Il tuo atteggiamento, che mi provoca un terribile mal di testa. Mi hai aiutato quella sera da Angela e dopo mi hai letteralmente cacciata chiamando uno stupido taxi. Hai la mia sciarpa e ti rifiuti di ridarmela anche se non c'è un motivo per cui dovresti tenertela. Ti comporti come uno stalker ma forse semplicemente non hai niente di meglio da fare e ascolti le mie conversazioni private all'interno di un dannato fast food. E come se non bastasse, mi hai pagato il pranzo, hai detto che sono carina e adesso ti stai comportando da stronzo. Questo ha importanza per te?» sbraito esausta.

Ho avuto una reazione esagerata, lo so. Ma Leonardo non può immaginare che ogni suo gesto, anche il più piccolo, mi suscita milioni di domande. La sua strafottenza è stata solo la goccia che fa traboccare il vaso.

Anche lui si alza, e viene verso di me. Faccio un passo

indietro, un po' spaventata, perché non ho idea di cosa gli passi per la testa. Sobbalzo quando la mia schiena si scontra con la corteccia spigolosa di un albero.

Leonardo appoggia le mani al tronco, bloccandomi tra le sue braccia. È a un passo da me. Non ho paura, resto immobile lasciando che il suo respiro accarezzi il mio viso. È bellissimo.

«Quanto mi fai incazzare, Linda» sussurra provocandomi i brividi. «Sei piccola, non sai niente della vita. Ti piace giudicarmi, vero? Scommetto che tutti ti hanno consigliato di starmi alla larga.»

«Non capisco a cosa alludi» rispondo incredula. «In quella sigaretta c'era per caso della polverina magica al posto del tabacco?»

Scuote la testa. «Su di me girano voci di ogni genere, ma sappi che sono tutte cazzate. Io però non posso convincerti di niente, sta a te decidere se fidarti di me oppure no. Cerca di pensare con la tua testa, piccola Linda.»

Non so come, ma all'improvviso non sento più freddo, mentre gli occhi di Leonardo sono sempre più vicini ai miei. Credo di essere paralizzata.

«Credi che ti avrei portato qui se non mi piacessi? E a cosa potrebbe servirmi la tua stupida sciarpa se non come scusa per rivederti? Io mi comporterò da stronzo, ma tu sei proprio una bambina ingenua.» Mi sposta una ciocca di capelli dal viso con le sue dita affusolate. «Se fossi in te, me ne andrei adesso» mormora fissandomi serio.

«Non mi fai paura» dico decisa, appoggiandogli una mano sul petto. Vorrei che questo momento durasse per sempre, anche se razionalmente dovrei scivolare via e mandarlo al diavolo.

«Ah no? Dovrei fartene, invece...» dice sorridendo sulle mie labbra.

Forse l'amore è cieco oppure io sono solo una perfetta idiota. Ogni sua parola ha il potere di trasportarmi dritta in Paradiso o all'Inferno; è un miscuglio di emozioni che non ho mai provato in vita mia.

Le nostre facce ora sono praticamente appiccicate.

«Non dire così...»

È a questo punto che Leo mi prende il viso tra le mani e mi dà un lunghissimo, stupendo, indimenticabile bacio. E io volo via con la testa e con il cuore.

19

«Potremmo uscire insieme qualche volta» ho proposto a Leo dopo il nostro primo bacio, mentre mi riaccompagnava a casa. Il silenzio in macchina era diventato fastidiosamente assordante, nessuno dei due aveva spiccicato parola e per un momento ho pensato che si fosse pentito di tutto.
«Certo, perché no?» ha risposto sorridendo appena.

Non abbiamo concordato un vero e proprio appuntamento romantico. Preferisco considerarlo come un modo per conoscerci meglio.

«Che ne dici di venerdì sera?» mi ha detto.

«Stai scherzando? E ai miei cosa racconto...?»

«Mmh vediamo, che devi salvarti dalla noia insieme a un ragazzo irresistibile?»

«Molto spiritoso, davvero.»

«Okay, allora vediamoci di pomeriggio. È solo che non vorrei rubarti di nuovo alle tue preziose amichette.»

«Quelle non sono mie amiche!»

Già, a parte Angela...

A proposito, mi ha mandato un messaggio tutta scocciata: "Linda, che fine hai fatto? Sei andata via senza nemmeno avvisarmi?". Le ho risposto che mi dispiaceva, che ero mortificata di aver abbandonato lei e le sue compagne di pallavolo con i loro BigMac, ma Leonardo aveva tanto insistito perché andassi con lui...

Ho detto a mia madre che sarei andata a studiare proprio da Angela. Da quando ci siamo trasferiti e non ha più il suo lavoro ha parecchio tempo libero per starmi addosso. Lei e tutte le sue ansie. Se le dicessi che esco con un ragazzo mi farebbe una raffica di domande imbarazzanti, e non è proprio il caso. I miei non fanno altro che ripetere che questa è la nostra nuova vita, e insistono perché mi faccia dei nuovi amici... Poi però non si fidano e prima di lasciarmi uscire con qualcuno vogliono conoscerlo. Angela è venuta a studiare da me qualche settimana fa e mia madre ha passato mezz'ora a farle i complimenti per i suoi ricci naturali, «Sono così rari!», e per il magnifico punto di biondo. «Non tingerti mai!» le ha urlato quando Angela era già sulle scale. Una pazza. A volte penso che mia madre sia pazza. Mi chiedo: che senso ha fare i complimenti a qualcuno per qualcosa che non dipende dalla sua volontà? Comunque Angela, come già Andrea, le è piaciuta. Meglio così.

Io e Leonardo ci troviamo dalle parti di Brera. Abbiamo deciso di vederci per una passeggiata al Castello Sforzesco, e magari al Parco Sempione.

«Buongiorno signorina, per caso si è persa?» sento mentre studio Google Maps alla ricerca del punto esatto dell'appuntamento. Merda. Mi ha beccata.

«Be', le tue indicazioni non erano proprio precisissime.»

«Infatti, il Piccolo, hai ragione, chi lo conosce? Dovevi solo uscire dalla fermata della Verde e te lo trovavi di fronte... Ah già, ma chi mi diceva che saresti venuta proprio in metro?»

Eccolo, il suo tipico modo di fare.

«Intanto mi avevi detto "teatro Strehler".»

«È la stessa cosa, ha due nomi! Comunque non te la prendere, Lara Croft, facciamo così: per farmi perdonare ti offro il gelato più buono di Milano. Ti va? O sei una di quelle che "il gelato solo d'estate"?»

Ogni cosa con Leo diventa una piccola battaglia e devo ammettere che la sfida mi piace. Anzi forse è proprio questo che trovo intrigante in lui.

«No, il gelato va bene sempre» rispondo.

«Perfetto, così ti voglio.» Ci avviamo lungo Foro Bonaparte, un lungo viale alberato e curvo, come molte strade di Milano. Fa freddissimo, ma chissà perché mi sembra di sentire gli uccellini cantare. «Non è vicino però, c'è un po' da camminare, ti va?»

«Nessun problema. Nel frattempo faremo *il gioco delle dieci domande* e un rifiuto da parte tua non è ammesso» gli propongo convinta. La sua espressione è incredula e divertita al tempo stesso.

«Parli di quel gioco in cui uno pone dieci domande all'altro e viceversa?»

«Sei perspicace.»

Leo mi guarda di sottecchi per poi rispondere: «Ci sto».

«Colore preferito?» Domanda banale, lo so: la mia mente è a corto di idee.

«Rosso, ma per i vestiti preferisco il nero» dice indicando il suo giaccone e i jeans scuri.

«Per me bianco, verde e rosa chiaro. Odio il marrone, lo trovo noioso» dico scrollando le spalle. Ora è il suo turno.

«Un posto dove non vorresti mai andare?» domanda mentre aspettiamo che scatti il verde a un semaforo.

«Mmh... In prigione, per esempio. Non deve essere un gran divertimento.»

Leonardo scoppia a ridere: «Ottima risposta. Credevo che avresti detto qualcosa tipo "la campagna" perché odi gli insetti o per qualche altra fobia del genere. Comunque Lara Croft non ha paura di niente, nemmeno della prigione... Come la mettiamo?» dice prendendomi per mano.

«Be', se mi capitasse l'affronterei senza farmi troppi problemi» ribatto spavalda. «Tocca a te. Cosa noti subito negli altri?»

«L'espressione del viso: il più delle volte mi racconta chi ho davanti, ma ovviamente posso sempre sbagliarmi» dice guardandomi dritto negli occhi. «È importante la prima impressione che ci fanno le persone, non trovi?» mi chiede serio. «Io che impressione ti ho fatto?» insiste, avvicinandosi con decisione. I nostri nasi quasi si toccano...

«Ehm, la prossima do...?» Ma Leo non mi lascia finire, e mi travolge con un bacio. Trattengo il respiro e chiudo gli occhi. Sento che le guance si stanno surriscaldando, sono nell'agitazione più totale. Le sue labbra cominciano a muoversi sulle mie e, all'inizio un po' esitante, ricambio quel bacio. Quando la sua mano mi stringe un fianco schiudo definitivamente le labbra e lui fa scivolare la sua lingua sul mio labbro inferiore. Gli appoggio lentamente una mano sul collo e gli accarezzo i capelli e la nuca.

Forse sto sognando... No, no, è tutto vero, sono a due passi dal Castello Sforzesco e sto baciando il ragazzo più bello della scuola!

«La prossima domanda tocca a te» mi sussurra tra un bacio e l'altro.

«Ti piacciono i film horror?»

Complimenti Linda, domanda intelligente, già che ci sei perché non gli hai chiesto che lingua si parla sulla Luna?

«No» dice staccandosi e prendendomi per mano. «Ora però basta domande, ho proprio voglia di gelato.»

Qualcuno deve aver rubato la forza di gravità dalla Terra, sono sicura di camminare sospesa per aria mentre entriamo in gelateria.

«Ciao ragazzi, cosa prendete?» ci chiede allegra la commessa dietro a una colonnina di coni e coppette.

«Ti consiglio il gianduia o la meringa, sono buonissimi qui» mi dice Leo.

«No grazie, preferisco qualcosa di più leggero, alla frutta. Limone e fragola, per favore.»

Leonardo scoppia a ridere. «Scusa, ma pensavo fosse rimasta solo mia nonna a scegliere questa "combo". Se proprio devi mangiare *la frutta*, perché non mango o mirtilli? Va bene, scusa, come non detto.»

Possibile che debba criticare anche i miei gusti del gelato?!

«Per me un cono amarena e cioccolato Venezuela» dice spavaldo. «Con la panna e il cacao, per favore.»

Ci sediamo un momento su una panchina all'interno del negozio.

«Non ti piace il cioccolato?» mi chiede con aria grave.

«Vuoi riprendere il gioco delle dieci domande?» chiedo io, polemica.

«No no, era solo curiosità: non riesco a credere che a qualcuno non piaccia.»

«Preferisco tenermi in forma» ammetto scrollando le spalle. «Mi piace molto, ma è meglio rinunciare qualche volta.»

«Ah davvero? Lo fai per la linea?» mi chiede guardando il cellulare. «Non mi sembra che tu abbia problemi di peso.»

È piacevole sentirselo dire da lui, assume il doppio del valore per me.

«Ho uno strano rapporto con il mio peso.»

Sto davvero per parlargliene?

«Ovvero?»

«A volte mi sembra che vada bene così, altre invece non riesco a controllare l'appetito. Da quando mi sono trasferita qui ho smesso di andare in piscina, e questo non mi aiuta: il nuoto per me è stato fondamentale negli ultimi anni.»

«E perché hai smesso? Travolta dalla movida milanese?» mi prende in giro Leo. «Ci sono ottime piscine qui, sai? Se vuoi te ne consiglio un paio» dice leccando il suo gelato, mentre la mia coppetta è prossima allo scioglimento definitivo. «Comunque non dovresti pensarci o limitarti così tanto, stai benissimo così» continua sorridendomi.

«Il fatto è che da piccola colmavo le mie insicurezze mangiando a più non posso. Il cibo rappresentava una specie di rifugio, per me, una certezza. Ricordo che mi preparavo anche le frasi per contrattaccare gli insulti. Era tutto un: "Se dovessero dirmi così, io risponderò cosà". Probabilmente era un metodo alternativo che la mia mente aveva escogitato per salvaguardare l'orgoglio e l'autostima.»

«Come nei talk show in cui vince chi dice la battuta migliore» annuisce Leonardo.

«Già. La seconda media è stato l'anno della svolta. Ma non sono dimagrita per tutti quelli che mi prendevano in giro: l'ho fatto per me stessa. Lo sport mi ha aiutata molto.»

Sorrido amaramente. Non mi ero mai confidata con nessuno sui miei problemi di peso, a parte con Matteo, ovviamente. E non pensavo di farlo così presto con Leo. È molto importante per me.

«Sei stata coraggiosa, piccola Lara, al tuo posto sarei molto più orgoglioso di me. In fondo è vero: nessuno può amarci più di noi stessi. E soprattutto» dice togliendomi dalle mani la coppetta da cui cola un liquido rosa e appiccicoso «dovresti rivalutare il gelato al cioccolato.»

Forse ha ragione.

«Ora andiamo, che è tardissimo» dice improvvisamente dopo aver guardato di nuovo il cellulare. «Sono in macchina, ti do uno strappo a casa.»

20

Caro Matteo,

speravo rispondessi alla lettera precedente.

Magari non ti è ancora arrivata, oppure semplicemente non hai avuto il tempo per scrivermi, ma non posso aspettare ancora. Sento la necessità di parlarti.

Io e Leonardo ci siamo baciati, è stato pazzesco.

Non come quando io e te ci abbiamo provato per ridere, quasi per esercitarci nel caso fosse uscito uno di noi al gioco della bottiglia.

Stavolta ho sentito davvero suonare le campane. Penserai che sia esagerata, ma ti assicuro che è stato così, come sentirsi trasportare in un'altra dimensione. Avevo le palpitazioni. Ho chiuso gli occhi fino all'ultimo istante, un po' perché mi vergognavo, devo ammetterlo, un po' perché doveva essere tutto perfetto, come in un film.

Oggi mi sento forte come un pugile. Potrei salire su un ring e vincere mille incontri, passare tutti i compiti in classe, attraversare a nuoto lo Stretto di Messina e tirare due schiaffi ai Bronzi di Riace senza nemmeno farmi male.

Oggi mi sento onnipotente. Secondo te l'amore salva? Magari non è così. Magari siamo solo noi ad attribuirgli un significato tanto importante perché sentiamo il bisogno di desiderare qualcuno, o qualcosa.

Hai mai pensato che ci sia una richiesta d'amore spropositata nel mondo? È come se tutti fossimo dei poveri sventurati senza amici, senza genitori o affetti. Non è così: è proprio il bisogno di desiderare un amore diverso. Una forma d'amore diversa.

Quindi l'amore salva o siamo noi a illuderci?

Sento che Leonardo è parte della mia vita ormai. Ha preferito me a molte altre ragazze.

Io l'ho scelto e lui mi ha scelto.

Lui ha bisogno di me e io ho bisogno di lui. Lo so, lo sento.

Voglio essere la sua forza, la colonna portante della sua esistenza.

Sono convinta che l'amore debba mettere l'altro in primo piano. Se lui starà bene, allora starò bene anch'io.

Ma come glielo spieghi a una persona che hai bisogno di lei?

Voglio dire, le parole potranno mai raccontare ciò che l'anima sente realmente?

Come potrò mai quantificare l'affetto, l'amore, qualsiasi altro sentimento?

Non si può, non è possibile e basta.

Mi sono sempre chiesta quale sia il modo di comunicare ciò che si prova davvero, ma adesso ho capito: non bisogna cercare di spiegarlo con parole che rimarranno sempre e solo un mucchio di frasi. È necessario dimostrare ciò che si sente.

Quindi che vada al diavolo la mia insicurezza, quei complessi che nel tempo mi hanno reso una codarda incapace di riconoscere le proprie emozioni.

Voglio dimostrare con i fatti ciò che provo.

Non so se amo Leonardo, l'amore è un concetto così ampio e delicato e dannatamente importante… Sento però di voler togliere il freno a quello che il mio cuore percepisce, di voler smontare la monotonia e l'aridità del "due più due fa sempre quattro" con la magia dei sentimenti.

Perché oggi sarà più di ieri e meno di domani.

Volevo scriverti perché avevo bisogno di confidarmi con qualcuno e tu sei la persona che mi capisce meglio al mondo. Mi dispiace che in questo momento tu sia la spugna che assorbe tutti i miei problemi e i miei monologhi senza fine. Dovrei essere la tua migliore amica, invece ti tratto come se fossi il mio psicoanalista.

E tu? Perché non mi scrivi?

Sei poi andato a pulire la spiaggia con il gruppo di volontari della prof di scienze? Avete studiato altre piante? Non ti ho mai sentito così entusiasta per un argomento; deve averti appassionato parecchio.

Comunque, sappi che io senza di te sono come una piantina di peonie appassita dentro a uno sgabuzzino buio che puzza di muffa. Ho reso l'idea?

Scrivimi,

Linda

21

«Mamma sono tornata!» urlo appena varcata la porta d'ingresso con le farfalle che svolazzano impazzite nello stomaco. Mi pare di sentire ancora le labbra di Leo sulle mie.

«Tesoro, sono in cucina!» La voce di mia madre mi risveglia dal mio stato di trance.

Lancio le sneakers in un punto indefinito del corridoio e raggiungo la cucina.

«Ho finito i pantaloni. Guarda, ti piacciono?» mi chiede. È seduta al tavolo davanti alla macchina da cucire, circondata da decine di gusci di arachidi, la sua passione. Tiene sospeso tra le mani un paio di pantaloni in seta nera con un ricamo raffinato sull'orlo. È sempre stata particolarmente brava nel cucito. Sono sicura che in un'altra vita sia stata una stilista famosa.

«Sono fantastici, mamma, sei bravissima!» mi complimento sinceramente. «Sono per te?»

«No, li avevo promessi a zia Emilia prima che partissimo, ma da quando siamo qui non avevo ancora tirato fuori la macchina da cucire.»

«Dovresti farlo come lavoro, sai come la penso. Sei troppo brava.»

«Ma se tutte le volte che ho provato a insegnarti qualcosa ti sei sempre tirata indietro?»

«Che c'entra, sai che sono un disastro con ago e filo! E poi non può esserci più di un genio in famiglia...»

In effetti, quando ero più piccola, mia madre ha provato più volte a introdurmi all'arte del ricamo, una tradizione fra le donne della mia famiglia; anche mia nonna ci si è sempre dedicata. Ma ho capito subito che non faceva per me, diciamo che preferisco hobby più dinamici. Mi ricordo che restavo a fissare il fazzoletto di lino bianco con aria impotente senza decidermi a trapassare la stoffa con l'ago, e alla fine mi pungevo sempre le dita.

«Ma come siamo spiritose, oggi! Come mai tutto questo buonumore?» scherza mia madre.

Be', un'idea ce l'avrei, ma preferisco tenerla per me.

Do un bacio a mia madre e raggiungo la mia camera. Il display del cellulare si illumina per segnalare l'arrivo di una serie di messaggi, così mi butto sul letto per leggerli. Sono tutti da parte dei miei compagni, chiedono notizie sui compiti assegnati per domani sul gruppo-classe. Potrei essere così gentile da alzarmi e controllare sul diario, ma la prospettiva di restare sulla superficie morbida sotto di me è troppo invitante...

È sempre così: nei gruppi WhatsApp si parla di ogni sciocchezza, ma al momento del bisogno scompaiono tutti improvvisando mille scuse. "Sono fuori col cane", "Ho dimenticato il diario in auto", "Non sono a casa", "Non sapevo ci fossero compiti." Questo, da Agrigento a Milano, non cambia.

La mia attenzione viene catturata dalla notifica lampeggiante del gruppo di nuoto.

A quanto pare, le mie ex compagne domani parteciperanno alle loro prime gare cittadine e io non posso che essere felice per loro. Digito un: "In bocca al lupo ragazze! Fate vedere chi siete!" e metto giù il cellulare. Vorrei scrivere un messaggio a Leonardo, ma preferisco aspettare che sia lui a farlo per primo. Io sono sicura delle mie emozioni, e lui?

«Linda, ti andrebbe di uscire a fare una passeggiata?» mi urla mia madre dalla cucina.

Non mi dispiacerebbe passare un po' di tempo con lei, è da tanto che non stiamo un po' insieme, ma forse ho un'idea migliore. Corro in cucina.

«Che ne dici invece di... andare in piscina?» le propongo con entusiasmo. È da un po' che ci penso, e parlarne con Leonardo non ha fatto altro che aumentare la voglia di tornarci.

«In piscina? Ma come facciamo? Ci vogliono costume, cuffia e occhialini. E poi non sappiamo nemmeno dove sia!»

«Mamma, hai presente quell'invenzione chiamata internet? Lì trovi un elenco di tutte le piscine di Milano. E io ho tutto doppio. Posso prestarti la cuffia e gli occhialini. Si può fareee» urlo scimmiottando Frankenstein Junior e facendole una pernacchia.

«Linda, oggi non ti riconosco. In effetti un costume ce l'ho, me lo sono portata, non so neanch'io perché. È un bikini però. Andrà bene lo stesso secondo te?»

«Ma certo, che differenza fa? Per una volta andrà benissimo.» Mi fa un po' ridere l'idea di mia madre con un due pezzi in una piscina milanese, che probabilmente sarà frequentata solo da gente che è lì per allenarsi sul serio. Ci mancano solo la borsa da spiaggia e l'olio di cocco... ma siamo molto determinate, e questo è più che sufficiente.

«Allora cerchiamo su internet un posto vicino a casa nostra?» chiede lei titubante.

«Non preoccuparti, me ne hanno consigliata una bellissima.»

Non le dico chi, ovviamente.

Leo mi ha parlato di questa piscina dove non si tocca da nessuna parte, anzi, a metà vasca c'è uno sbalzo di profondità e l'acqua raggiunge i cinque metri. Ha detto che se ti distrai un po' hai l'impressione di essere in mare aperto. Sono curiosissima.

«E va bene!» capitola mia madre. «Prepara il borsone, io mi metto già il costume.»

«Ma', hanno inventato gli spogliatoi, sai?» rido prendendola un po' in giro. Sono felice come una bambina e mi precipito a preparare il mio zainetto di Hannah Montana: devo assolutamente cambiarlo, è infantile e usurato.

Ripesco le sneakers all'ingresso, mi infilo il giubbotto e raccolgo i capelli in una crocchia abbastanza ordinata.

Mia madre fa capolino con il borsone degli accappatoi. Ci chiudiamo la porta di casa alle spalle e chiamiamo l'ascensore.

«Ecco, i capelli tienili legati bene sotto la cuffia, che il cloro li ammazza...»

Da quanto tempo non sentivo questa raccomandazione? Mi sembra una vita.

«... ma l'importante, poi, è nutrirli con l'olio di lino!» completo la frase per lei, e scoppiamo a ridere come due vecchie amiche.

«Fai strada tu, signorina?» mi dice mentre entriamo in macchina.

«Certo: due traverse prima di quella della scuola gira a destra e subito dopo a sinistra passando per la rotonda» rispondo sicura. Ho studiato la strada nei minimi dettagli.

«D'accordo, ho capito.»

«Mettiamo un po' di musica? Oggi mi sento allegra» dico accendendo la radio alla ricerca di una canzone che possa piacere a entrambe.

«Ci sarà forse di mezzo un ragazzo?» chiede lei ammiccando.

È davvero tutto merito di Leonardo?

«Sono solo contenta di tornare in piscina e di passare un po' di tempo con te» le rispondo. Mamma mi crede e sorride, o forse finge solo di farlo.

Smetto di tormentare la manopola della radio quando sento *I bambini fanno "ooh"* di Povia. La cantavo sempre con mia madre quando tornavo dall'asilo, guarda che coincidenza. Per un periodo è stata una specie di abitudine per noi.

«Lascia questa! Quanti ricordi!» dice lei alzando il volume al massimo. Cantiamo a squarciagola fregandocene di tutte le stecche e degli sguardi insistenti degli altri automobilisti che ci fissano.

Sbagliamo anche le parole ma non ci importa niente.

Non ho mai capito il vero significato di questa canzone finora. Ci dice che gli adulti non sanno più meravigliarsi di nulla. Non sanno più rimanere a bocca aperta, non riescono più a stupirsi. Niente più "ooh", insomma.

Mi ricordo che da piccola mi chiedevo: perché il cantante dice di non saper più fare "ooh" ma continua a ripeterlo per tutta la canzone?

«Bene, domani sarò senza voce» commenta mia madre divertita alla fine della nostra esibizione.

«Sì, decisamente. Oh, gira qui! Siamo arrivate.»

Il posto è davvero super, aveva ragione Leonardo, che – ommioddio me ne rendo conto solo adesso! – spero di non incontrare. Non sono pronta per farmi vedere in costume, morirei di vergogna. L'ambiente è molto grande e l'odore del cloro mi inebria subito. Quanto mi è mancato! Mi riprometto di tornare spesso a nuotare.

Mi immergo senza pensarci troppo. Mamma invece sembra più titubante e resta a bordo vasca. Dopo un po' finalmente mi raggiunge e iniziamo a fare lunghe bracciate. Dopo appena due vasche ho già il fiatone: non sono più allenata, per niente.

«Vai piano Linda, non è mica una gara!» dice mia madre non appena la sorpasso.

Mi era mancato tutto questo, è bellissimo essere qui.

«Sei solo troppo lenta!» la prendo in giro, e la sento ridere alle mie spalle come non capitava davvero da tanto tempo.

A volte anche con tua mamma puoi passare una giornata perfetta.

22

Avete presente un appuntamento? Uno di quelli in cui il ragazzo chiede alla ragazza di uscire e passano insieme momenti romantici ma anche inevitabilmente impacciati? Bene, io ho avuto un appuntamento. Certo, niente carrozza col cocchiere e nemmeno un mazzo di rose rosse, ma comunque perfetto. Unico. Che poi a me neanche piacciono le rose rosse. Le trovo banali e scontate. Se dovessero mai regalarmene, le tingerei di nero con una bomboletta spray, una di quelle che il nonno tiene nel suo garage… Eccessivo forse?

Io e Leonardo siamo usciti insieme. Di nuovo. Usciti insieme! Io e Leonardo!

Il cinema è il posto perfetto per eccellenza per le neo-coppiette e… Un attimo: è giusto definirci una coppia? Voglio dire, non abbiamo mai affrontato l'argomento… ma per me è scontato, anche se avrei preferito che me lo chiedesse apertamente, per sentire ancora una volta suonare le campane. D'altronde ci sono stati i baci, le uscite insieme… Perché non dovremmo esserlo?

Non ricordo un singolo fotogramma del film. Biglietto sprecato. Eravamo concentrati su di noi, con le mani che si cercavano e si intrecciavano, e ogni bacio faceva storcere il naso alla signora della poltroncina accanto. Deve anche aver detto una frase del tipo: "Certe cose fatele a casa vostra!", ma noi non ci abbiamo nemmeno fatto caso; tutto intorno sembrava offuscato, fuori fuoco, esistevamo solo io e lui. Come posso descrivere le mie sensazioni? Sono su una nuvola, un'astronave diretta nello spazio e destinata a restare per sempre in orbita. "Pianeta Terra chiama Linda, Pianeta Terra chiama Linda, pronto pronto, mi senti?". *Biiiiiip*. Il mio cuore è andato in tilt.

Ieri sono passata dalla pasticceria di Giada, è da un po' che non ci sentiamo e volevo raccontarle tutte queste fantastiche novità, ma lei non c'era; la proprietaria mi ha detto che è malata. Devo chiamarla al più presto.

Stamattina, presa dall'entusiasmo, ho deciso di propormi per l'interrogazione di scienze, salvando il resto della classe da un gigantesco due sul registro, ed è andata alla grande. Argomento: la fotosintesi clorofilliana, tema su cui perfino quello scemo di Matteo saprebbe cosa dire, vista la sua recente passione per le piante. Chissà perché non si fa sentire…

La prof di arte ci ha diviso in gruppi e immediatamente è scoppiato il caos. Ognuno vorrebbe lavorare con l'amico o con il vicino di banco, ma la prof è stata irremovibile. Ha affidato a ogni gruppo una ricerca su un artista, da completare con una visita a un museo che faremo per conto nostro, oggi pomeriggio. Io sono capitata con Angela, Andrea, Veronica e Rossana, e a noi è stato assegnato il surrealista Magritte, l'autore del famoso dipinto della pipa accompagnata dalla scritta *Questa non è una pipa*. Un genio! Perfetto per una mente contorta come la mia. Nei suoi quadri niente è come sembra, anzi, a volte è esattamente il contrario di ciò che ci si aspetta, un po' come nei sogni.

«Qualcuno ha bisogno di uno strappo per oggi pomeriggio? Ho un posto libero in auto» dice Rossana passandosi sulle labbra già appiccicose un altro quintale di gloss alla fragola.

Decido di approfittare della sua insolita gentilezza: «Probabilmente io avr…», ma lei mi interrompe e io capisco subito dove vuole andare a parare.

«Tu, Andre? I tuoi lavorano, giusto?»

«In effetti sì. Sì, grazie, vengo con te.»

«Perfetto. Invece voi ragazze?» domanda a noi tre.

«Io non ho problemi, mia madre deve andare da quelle parti oggi» risponde Angy.

«Idem» interviene Veronica.

«Mmh, io prenderò il tram» dico sistemando i libri.

«Allora troviamoci al capolinea così andiamo insieme» propone Andrea mettendo tutte d'accordo.

La campanella suona in perfetto orario e ciascuno torna al proprio banco.

«Hai visto Rossana?» mi bisbiglia Angela.

«Che vuoi dire?»

«Ha fatto tutta quella messinscena solo per dare un passaggio ad Andre, la furba...»

«Oh sì, l'ho notato. Ma di cosa ti stupisci? È tipico suo.»

«A te sta bene?»

«Certo, perché non dovrebbe? Lo sanno tutti che gli muore ancora dietro, che male c'è? Se intendi che è stata maleducata, okay, hai ragione.»

«No, non intendevo questo... Senti, Linda... tra te e lui non c'è qualcosa?»

Ma cosa vuole Angela? Ormai dovrebbe essere chiaro che io esco con Leonardo.

«No, assolutamente.»

«Ma come no, se state sempre a beccarvi, siete come cane e gatto...»

«Come scusa?»

«Voglio dire che è un peccato, sareste una bella coppia. Secondo me Andre è carino, forse dovresti provarci con lui.»

«Angela, ma cosa stai dicendo?»

«Niente, lascia perdere, la prof ci sta fissando.»

Ma che razza di discorso è? Ma soprattutto, che ne sa di cosa è meglio per me? Francamente Angela potrebbe risparmiarsi la parte dell'amica premurosa.

Alla fermata del tram ci siamo già tutti. Destinazione: la Fabbrica del Vapore, dove è in programma una mostra interattiva con pannelli giganteschi e videoproiezioni. Si parla di visita "multisensoriale", e io mi aspetto un sacco di sorprese. Avrei tanto voluto invitare anche Leo, ma so che con Andrea non corre buon sangue, e probabilmente avrei rischiato di litigare con entrambi. Però gli ho chiesto di venire a prendermi, così poi magari andremo a fare un giro da soli.

«Allora, Linda, mi racconti qualcosa di questo Matisse?» mi dice Andrea con la solita strafottenza.

«Ma perché, tu non c'eri stamattina? Possibile che ogni argomento ti faccia schifo per principio? A volte capitano delle cose interessanti e tu le snobbi a prescindere.»

«Ehi, bella addormentata, non ti scaldare. Mi sembravi particolarmente su di giri quando la prof ha spiegato vita, morte e miracoli di un defunto. Io stavo finendo una mano decisiva a carte, e non ho ascoltato più di tanto. Dopo la mia morte qualcuno parlerà di me o organizzerà una mostra in mio onore? Non credo.»

«Dio, che ridere… Comunque è Magritte, non Matisse! Non c'entrano niente uno con l'altro. Iniziamo bene. Immagino che il tuo contributo al gruppo sarà fondamentale… Magritte: l'uomo con la bombetta, l'uomo senza volto, l'impero delle luci, hai presente?»

«No. La bombetta per me è la brioche alla crema che mi compra mia madre al sabato dal panettiere, de-eh-ih-ih-oh-oh» continua Andrea imitando la risata di Homer Simpson. E niente, oggi sembra che debba mettersi in mostra a tutti i costi, perché fa così? Ma certo, il motivo è ovvio: Rossana e Veronica ridono come matte a ogni sua battuta, sono le solite oche.

«Ehi, già che siamo da queste parti, dopo andiamo a Chinatown a mangiare i ravioli?» chiede Rossana sperando di far breccia nel cuore goloso di Andrea.

«Non penso» rispondo io. Ci manca solo di trovarmeli ancora intorno quando arriverà Leonardo. «Io devo tornare a casa presto, e poi comunque passa Leonardo a prendermi.»

«Ah be', se passa il bello e impossibile, allora come non detto, Giarratana. Andremo noi, vero Angela?» propone

Andrea. Non sembra per niente felice di incrociare il suo peggior nemico, ma ha reagito meglio di quanto pensassi.

«Perché no?» risponde Angela con una punta di civetteria. Eppure anche lei sembra pensierosa, un po' sulle sue... Forse le mancano le sue amiche di pallavolo? Ultimamente c'è uno strano disagio tra noi. Non saprei dire se è dal giorno del McDonald's, ma è come se non avessimo più molto da dirci e un po' mi dispiace. Forse non devo fissarmi su quell'episodio, in fondo lei non mi ha fatto niente. E poi è stata l'unica a essere carina con me quando sono entrata in classe per la prima volta.

«Raga, siamo praticamente arrivati, dieci minuti al massimo» annuncia Andrea in versione capopopolo. Continua a fare lo scemo con Rossana e Veronica, che lo gratificano con le loro attenzioni.

«Com'è? *Ragaaa*» dico imitandolo.

«Sentiamo, come si dice dalle tue parti?»

«Lascia perdere, *compare: non è cosa toi*» gli rispondo con un sorriso. Oggi sono davvero di buonumore, niente può scalfirmi.

Siamo nella zona nuova di Milano, affianchiamo i grattacieli di piazza Gae Aulenti sullo sfondo del famoso Bosco Verticale, un complesso di due incredibili palazzi con alberi a ogni balcone che a quanto pare è ormai diventato uno dei simboli della città.

Poco dopo arriviamo alla Fabbrica del Vapore e smaltita una breve coda riusciamo a entrare.

L'allestimento è davvero come me l'aspettavo: un'enorme stanza in cui le immagini delle opere vengono proiettate sulle pareti e sul pavimento. Tutto intorno a me, nuvole bianche su un cielo azzurro che scorre... Ci cammino sopra chiudendo gli occhi per un attimo. Improvvisamente lo scenario cambia e le nuvole diventano fiori coloratissimi: sono rossi e gialli, bianchi e viola e vibrano. Mi sento attratta nel vortice di steli e corolle, mi è venuta voglia di fare capriole nei prati. Ma quando mi giro vedo Andrea e Angela che ridacchiano, mentre a quanto pare Veronica e Rossana sono scomparse. Forse già passate alla sala successiva.

Mi siedo per terra a gambe incrociate, finché non arriva uno dei miei quadri preferiti: un gabbiano con il cielo dipinto sul corpo anziché intorno. Ancora una volta è il contrario di ciò che ci si aspetta, in un invito costante ad andare oltre le apparenze, a superare abitudini e convenzioni. Mi ci rispecchio tantissimo.

C'è anche una musica di sottofondo che aiuta a immergersi ancora di più... Uno di quei momenti che ti rapiscono e anestetizzano ogni pensiero e preoccupazione. Una tranquillità magica interrotta da... dal suono di un allarme?! Apro gli occhi e vedo Angela piegata in due dal ridere.

«Ma che succede?» le chiedo incredula.

«Non ci crederai, Ross e Vero stavano cercando il bagno, hanno chiesto ad Andre se sapeva dove fosse e lui le ha mandate dritte verso l'uscita di sicurezza!» non riesce a trattenersi, continua a tenersi la pancia dal ridere. «E loro non se ne sono accorte! Senti che casino!»

«Ahahahah... E adesso?»

«Adesso si beccano un cazziatone dalla sicurezza, sempre che non chiamino i genitori.»

«Speriamo di no» dico mentre Angela continua a ridere.

«Vado a vedere cosa succede» mi dice. «Tu resti qui?»

«Sì, volevo finire il giro, è bella la mostra, no?» azzardo. Non vorrei che sbattessero fuori anche me.

«Sì è carina, ma mi aspettavo qualcosa di più» riprende Angela. «Torno dagli altri e poi esco a farmi un giro in libreria, ci vediamo fuori.»

«Okay, a dopo.»

Probabilmente ho perso la cognizione del tempo, perché quando mi avvio verso la libreria Angela non c'è più e fuori è buio. Rossana, Veronica e Andrea sono scomparsi... chissà se alla fine sono stati cacciati. Certo, se non mi fossi fatta rapire dalle fantasticherie lo saprei... Oh, al diavolo me e la mia tendenza a isolarmi. Ma che fine hanno fatto tutti?

Sono già le cinque, così vado verso il bar, dove tra poco ho appuntamento con Leonardo. Galleggio ancora in uno stato d'animo vicino alla beatitudine, ho negli occhi immagini favolose, e non vedo l'ora di raccontarlo a lui e poi di fissare le mie sensazioni sul quaderno azzurro.

Il bar è accogliente e il tepore all'interno mi riscalda subito. Mi avvicino al bancone per ordinare una cioccolata quando con la coda dell'occhio li vedo.

Seduti a un tavolino ci sono Leonardo e Angela. Stanno bevendo due schiumosi cappuccini e chiacchierano tutti sorridenti. *Bum!* Panico. No, calma. Non è successo niente. Probabilmente lui dev'essere arrivato un po' in anticipo e lei, per gentilezza, gli sta tenendo compagnia in attesa del mio arrivo. Sì, dev'essere andata così.

Mi avvicino al loro tavolo.

«Ehi ciao, piaciuta la mostra?» mi saluta Leo senza alzarsi né tantomeno baciarmi.

«Sì, bellissima» quasi balbetto.

«Alla fine Andre si è messo in mezzo per difendere Ross e Vero e sono stati buttati fuori tutti e tre. Se ne sono andati... Io ti stavo aspettando e mentre ero qui è arrivato Leo» mi dice Angela.

Leo. Benissimo, siamo già in confidenza a quanto pare.

«Che si fa, andiamo a fare un giro?» butta lì "il mio ragazzo". «Angela propone di andare a Chinatown a provarci le parrucche» sghignazza. «È fuori la tua amica, eh? Vi siete proprio trovate.»

Lei ride come una scema, gli dà anche uno schiaffetto sul braccio fingendosi risentita. Fantastico, un bel giro in tre. Fra poco inizierò a sentirmi io di troppo.

«Perché no? È una splendida idea» dico poco convinta mentre ci avviamo verso via Paolo Sarpi e l'amarezza s'impadronisce di me.

23

Caro quaderno azzurro,

eccoci ancora una volta soli. Ho detto a mia madre che oggi ho mangiato un po' troppo in giro, non ho nessuna intenzione di mettermi a tavola né tantomeno di cenare.

Questo pomeriggio si può dividere esattamente in due metà che rappresentano bene la mia idea del Paradiso e dell'Inferno. Tutto il benessere e la felicità provati nella prima parte sono stati cancellati dallo spiacevolissimo "secondo tempo".

Perciò mi dimentico di Magritte e ti confido che sono veramente a pezzi per il comportamento di Leonardo... Durante tutta la nostra bella "passeggiata a tre" non ha fatto altro che scambiarsi battute con Angela. Non lo capisco, giuro che non capisco perché si comporti così. Io avrei voluto stare con lui, e invece siamo andati in questo negozio cinese pieno di parrucche e altre cianfrusaglie (e nota che Carnevale è tra più di due mesi). Angie ne ha afferrata una blu elettrico a caschetto, le stava persino bene. Lui ne ha trovata una di *Dragon Ball* e girava per il negozio con le punte gialle in testa urlando «Sono Goku, il leggendario Super Sayaaaaaan!». La signora alla cassa era un po' infastidita, ha capito subito che non avremmo comprato niente e che eravamo lì solo a fare casino per ripararci dal freddo, ma è stata gentile e ha fatto finta di niente. Sarà rassegnata. Quanta gente potrà mai comprare, ogni giorno, una parrucca fucsia o verde fluo? Questo è un quartiere un po' matto. Comunque, al diavolo le parrucche cinesi. Angela e Leo sembravano ubriachi, perché a me non veniva per niente da ridere. Anzi, mi è venuto un magone pazzesco e ho iniziato a pensare a Matteo e a quanto mi manca. È come se avesse scelto di andarsene, di abbandonarmi. Forse si è sentito trascurato, non so. Ho chiesto anche a Miriam, ma lei dice che le sembra tutto a posto, che non c'è nessun problema particolare che lo riguardi in questo periodo. E allora perché è sparito? Ho anche provato a chiamarlo pensando che si fosse stufato di scrivere lettere... ma non mi ha mai risposto. "Ciao, sono Matteo e questa è la mia segreteria. Lasciate un messaggio dopo il segnale acustico. Vi richiamerò appena possibile." È questa la frase che ascolto ogni giorno da un po', ed è inutile dire che i miei messaggi sono completamente ignorati.

E con Leonardo, cosa devo fare? Oggi ci sono rimasta troppo male.

Non so se esiste il prototipo del ragazzo ideale.

Voglio dire, non ho mai pensato che Justin Bieber si potesse innamorare di me... Che poi non sono mai stata particolarmente attratta da quel belloccio di Justin.

Sicuramente ho sempre desiderato al mio fianco una persona che fosse più di una semplice figura simbolica. Qualcuno che amasse i miei difetti più che i pregi, perché durante i periodi bui e difficoltosi bisogna fare i conti con gli scheletri della propria anima. Qualcuno che non avesse bisogno di chiedermi come sto, perché in grado di leggerlo già dai miei occhi.

Qualcuno che avesse scelto proprio me, fra tante.

E mentre guardavo le mie amiche vivere cotte passeggere terminate con qualche bacio e mille pettegolezzi, ho sempre preferito aspettare che Cupido mi mandasse un segnale inequivocabile. Ho atteso che in me si accendesse la scintilla, la fiamma che scalda l'anima e scioglie persino i cuori di ghiaccio. Ma ora non sono più sicura di niente.

Forse Leonardo non tiene davvero a me. Ho sempre odiato chi gioca con le tue emozioni con tira-e-molla estenuanti, chi ti tratta come un motel di periferia, uno di quelli in cui sai che non tornerai, ma intanto prendi una stanza in mancanza di meglio.

È davvero tutta una questione di convenienza?

Non voglio sentirmi come una ruota di scorta, utile soltanto nelle emergenze, o come la penna nera in fondo all'astuccio, quella di cui ti ricordi quando quella blu non scrive più.

L'unico a non aver mai fatto con me questi squallidi giochetti è Matteo.

E adesso, l'unica persona che ha sempre scelto me prima di ogni cosa se n'è andata.

Senza fare rumore, senza che io me ne potessi accorgere, persino il mio migliore amico, che viveva a tre centimetri dal mio cuore, ha deciso di prendere le distanze.

Che fallimento! Possibile che non vada bene niente?!

24

Caro Matteo,

sono ancora io. Spero che non straccerai questo foglio dopo aver visto il mittente.

In caso ti stessi chiedendo come sono le mie giornate senza di te, ti accontento subito: sono pessime, vuote e malinconiche. La tua assenza produce un rumore assordante.

E non importa quanta gente nuova io possa conoscere o quanto io sia presa da Leonardo: tutto perde importanza se non ci sei tu.

Ultimamente mi chiedo spesso quale sia il sentimento che muove il mondo. Perché, per chi come noi ragiona col cuore, è matematicamente provato che ce ne sia uno.

È l'amore, che anestetizza le delusioni per lasciare spazio alla magia, facendoci vedere le cose da un punto di vista completamente diverso? Oppure l'amicizia, l'arma vincente contro la solitudine, che regala complici perfetti e legami indissolubili.

E se fossero l'amore e l'amicizia insieme? Come se si completassero. Come se uno non potesse esistere senza l'altra.

C'è chi è convinto che il partner sia anche il migliore amico, e chi invece sostiene che il proprio migliore amico possa diventare il partner ideale.

Punti di vista.

Tu che ne pensi?

Quanto vorrei poter dire che ti ho dimenticato, Matteo, ma non è così, ovvio che non lo è. Più scontato del fatto che sulla Terra siamo più di sette miliardi di persone. Avrai sicuramente avuto un buon motivo per sparire, altrimenti non ti saresti comportato come chiunque altro. Proprio tu, che ti sei sempre distinto da tutte le persone presenti nella mia vita. Perché questo taglio netto? Questo silenzio improvviso? Come potrò mai mettermi il cuore in pace senza conoscere almeno le tue motivazioni? Semplicemente non posso. Non posso accettare neanche l'idea di aver perso l'unico punto fermo della mia vita.

Mi dici come posso riparare una cosa del genere? Le persone non sono oggetti che quando smettono di funzionare si buttano per acquistarne di nuovi.

Voglio comunque che tu sappia che non ho intenzione di arrendermi. Probabilmente non risponderai neanche questa volta, andrai avanti con questo silenzio ostinato. Ma sono abbastanza certa che leggerai ogni singola riga.

Ti conosco troppo bene, ed è per questo che insisto. Lettere, lettere, lettere. L'unico mezzo di comunicazione che c'è rimasto. Non continuerò a digitare il tuo numero per ascoltare la tua odiosa segreteria telefonica che, a proposito, dovresti cambiare. Ormai potrei recitarla a memoria proprio come una poesia. Se la cambiassi potrei almeno esercitarmi con una frase diversa.

Sai che ho visto una mostra bellissima? Conosci Magritte? Ti prego dimmi di sì. Sono sicurissima che piacerebbe anche a te.

Tra poco è Natale, la tua festa preferita. È la prima volta da quando ti conosco che lo passeremo lontani, e non dico solo fisicamente. Mio padre ha deciso che non torneremo ad Agrigento per le vacanze, ma resteremo qui a Milano, perciò non c'è nemmeno il rischio di incontrarci per sbaglio.

Ogni tanto mia madre mi chiede di te, le sei sempre stato simpatico. Be', non ho il coraggio di dirle la verità, mi farebbe soffrire troppo. Perciò sappi che invento notizie sul tuo conto. Sappi che soffri ancora di quella tremenda allergia alle carote, per esempio. La settimana scorsa ti si è gonfiato un labbro talmente tanto che tuo padre ti ha portato al pronto soccorso. Sì, proprio così, e chissà che cosa ti succederà la settimana prossima, se non ti decidi a rispondermi. Dove andremo a finire.

Quest'anno a chi rifilerò il solito profumo di una marca scono-

sciuta o la classica sciarpa dal colore indecente? In fatto di regali sono sempre stata pessima, lo sapevamo entrambi, ma a te non è mai importato molto... Ti sei dimostrato quasi entusiasta persino dopo aver scartato quel videogioco che avevi già.

Fra parentesi, spero che quest'anno qualcuno ti regali una PlayStation nuova, la tua è un vero catorcio.

Dicevi sempre che l'atmosfera natalizia ti trasmette serenità e gioia, e mi chiedo se anche quest'anno per te sarà così. Per me non credo. Anzi, forse dovrei tornare a scrivere a Babbo Natale per chiedergli di esaudire i miei desideri, magari almeno lui mi risponderebbe.

Comunque, desidererei solo che tra me e te tutto tornasse come prima.

Senza di te la mia vita è come un gigantesco cubo di Rubik in cui io non riesco a completare neanche una faccia.

Rispondimi,
Linda

25

Caro Matteo,

Natale è passato da un pezzo, ma di te neanche l'ombra. Che cosa è andato storto? Perché abbiamo permesso che tutto ciò che era nostro andasse perduto?

Io ci sto provando a tenere viva ogni cosa che sappia di "noi", ma ho il timore che un giorno la mia volontà possa venire a mancare.

È frustrante scrivere a qualcuno che non risponde, che non vuole più sapere niente di te.

In ogni dannata lettera, in ogni riga, in ogni frase, cerco di farti arrivare direttamente all'anima ciò che provo in quel preciso momento.

Sarò sincera Matteo, ho paura di terminare le parole, paura di smettere definitivamente di provare emozioni. Paura di arrivare a un punto in cui non avrò più niente da dire.

Ho scambiato persone crudeli con scrigni scintillanti in cui riporre tutte le cose belle che mi appartenevano. Ma il mio cuore, fragile e delicato, non mi è mai più stato restituito.

Ho assistito mentre altri ci giocavano come se fosse un comune pallone da calcio, per poi buttarlo via.

Ho aspettato a lungo per riaverlo indietro. Ma non c'è più.

Temo che sia andato perduto per sempre, insieme a tutte le cose belle che mi appartenevano.

Ti confesso che spero ancora che un giorno qualcuno torni a restituirmi ciò che è mio.

Aspetto che qualcuno mi dica: "Mi spiace di averlo ridotto in frantumi, ma ho cercato di ricostruirtelo. L'ho rimesso insieme pezzo per pezzo; forse non è come prima, ma ci ho provato".

Lì dentro custodivo tutto il mio amore, era così tanto che avrei potuto distribuirlo al mondo intero. Ed è terribile sentire anche la testa vuota, senza pensieri, perché una persona senza cuore non prova più emozioni, non ha impulsi, non ha niente.

Come si rinasce dalle ceneri?

Ho l'impressione di vivere a testa bassa, con una paura folle di ogni nuova esperienza.

Credo che in questo momento mi stia piovendo dentro, tutte le lacrime che da tempo rifiuto di far uscire hanno dato origine a una tempesta che sta radendo al suolo ogni emozione che incontra.

Sento freddo.

Mi sento svuotata da ogni tipo di calore che riscalda l'anima.

Forse rappresentavi il mio sole, forse solo tu eri capace di illuminare gli angoli bui della mia anima.

Ti chiederei di venirmi a prendere, se solo tu mi ascoltassi.

Sono tornata schiava della paranoia e non hai idea di quanto sia orribile dipendere da uno stato d'animo così negativo.

È sempre in agguato, come un'ombra che non abbandona mai i miei passi.

Odio chi prova a starmi accanto senza conoscermi, come se due frasi gentili buttate lì a caso fossero sufficienti per diventare amici.

E odio le notti insonni in preda a pensieri che risvegliano il dolore represso, quello che ho cercato di seppellire col tempo.

Ho preferito fingere, tenere la mente occupata per non permettere ai pensieri di soffermarsi sulla delusione. Ho ignorato i dispiaceri e ho fatto in modo di seppellirli in fondo all'armadio dell'anima, ma adesso è come se stessero tornando a galla.

Ho preferito fingere che andasse tutto bene, nascondere la negatività, ma in fondo tutto resta, come tratti di matita in un disegno cancellato.

Ora ho capito che devo andare avanti e vivere, voltare pagina. Ma per quanto io desideri cogliere l'attimo, il nostro rappor-

to andato in frantumi non mi permette di godere di nessun'altra emozione. Proprio per questo ho compreso quanto tu sia importante per me.

Credo che ogni cicatrice rappresenti la parte migliore di un rapporto.

Probabilmente ai tuoi occhi sembrerò persino patetica. Ma non mi importa.

Non ho avuto molti fidanzati e credo che alcune mie coetanee pensino di registrare una collezione con i nomi dei propri ragazzi, lo trovo squallido. L'amore non è una raccolta punti dove vince chi accumula più esperienze.

Sono uscita solo con un ragazzo da quando io e te non ci siamo più visti. Ecco, in tutti i momenti che passo con lui cerco di godermi ogni secondo come se fosse l'ultimo, ogni bacio come se fosse quello decisivo.

Ho sempre paura che tutto ciò che è "noi" svanisca.

Mi piace da pazzi guardarlo, come se avvertissi il timore costante di non rivederlo mai più da un momento all'altro.

Ma con te, con te ho sempre vissuto ogni attimo con serenità, con la certezza che ci saresti stato il giorno dopo e quello dopo ancora.

Ho dato per scontato che la lontananza non ci avrebbe divisi, ma evidentemente mi sono sbagliata.

Come si vivono i rapporti a distanza?

Se ogni relazione è tenuta in piedi dal sentimento, qualunque esso sia, allora cos'è che non ha funzionato? Dove abbiamo sbagliato, Matteo?

Le cose non vanno molto bene nemmeno a casa. Litigo in continuazione con mia madre e ho paura che finirò per deludere anche lei.

Secondo te è vero che dopo aver toccato il fondo resta solo la risalita?

Io non credo: non sempre si ha la forza di scalare montagne rocciose e interminabili, a volte si finisce col grattare il fondo del barile, e io mi sono rotta le unghie a furia di farlo.

Sento di avere due personalità: una vorrebbe salvarsi, ricominciare daccapo, rimediare a tutto ciò che è andato storto. Vorrebbe riscattarsi, andare avanti, stare meglio. L'altra però, quel-

la che grava di più, è esausta e sta abituando l'anima al gelo del fondo, come se si fosse rassegnata a restare in basso, per sempre.

Sono in contrasto persino con me stessa, è folle.

Solo su una cosa non ho dubbi: mi manchi, e lo ripeterò fino alla nausea.

Io continuo a sperare che tu risponda, quindi ti prego, rispondimi presto perché io continuo a essere qui. Lo sai.

Linda

26

Cara Linda,

non riesco a credere che sia passato così tanto tempo. In effetti sarebbe stato più facile scriverti su WhatsApp o telefonarti direttamente (o rispondere a qualche tua telefonata, ehm), ma non volevo rompere la tradizione. E poi a te piace così, lo so. Sei proprio affezionata a queste lettere. In fondo chi sono io per lasciarmi intimidire da un francobollo?

Potrei mentire e dirti che in questi mesi sono rimasto senza carta perché tutte le cartolerie del quartiere hanno chiuso, o che le penne si seccavano appena le prendevo in mano, o che un mago cattivo ha fatto sparire in una notte tutte le cassette della posta di Agrigento e provincia, ma non sarebbe giusto. In realtà la principale sospettata di scomparsa eri tu.

La mia amica, quella persona che credevo di poter descrivere a occhi chiusi, è cambiata. Stava cambiando. Non è da te perdere la testa per il primo figo che passa. Cos'è successo? Che mi sono perso? Mi sembravi così presa dall'idea di lui e della tua nuova vita e dei tuoi nuovi amici che mi sono sentito escluso. Messo da parte. Lo ammetto.

Miriam mi diceva di smetterla, che certe cose non avrei dovuto neanche pensarle, ma a ogni tua lettera, a ogni messaggio, ero sempre più convinto che la nostra amicizia fosse finita.

Non so dirti bene cosa sia successo, ma a un certo punto ho sentito quasi di non riconoscerti più. Non sapevo che fine avesse fatto la mia Linda, tra tutte quelle mossette isteriche e svenevoli (oddio, in realtà mi pare persino di vederti mentre saltelli in giro per casa) e quei sospiri da film di serie B che ti immaginavo fare. Scusa, ma non ne potevo più di sentirti parlare di lui, eri diventata monotematica, veramente pesante.

Niente di sbagliato eh, anzi in teoria sono felice per te. Però di solito parlavamo di tutto, mentre da un certo punto in poi l'universo si è tinto di color leonardo, e sembrava non esserci più spazio per niente. Insomma, ho preferito lasciarti da sola a viverti questo specialissimo momento. Ma se aspetto ancora un po' a risponderti tu mi tiri fuori un sigillo di ceralacca del Medioevo o ti metti ad addestrare un piccione viaggiatore da inviarmi. Insomma, non sai più cosa inventarti per attirare la mia attenzione :-) Non voglio certo aspettare la tua millesima lettera prima di risponderti. Perciò facciamo finta che non sia successo niente, okay?

Allora come va? Nel frattempo tu e questo tizio vi siete sposati o quando tornerai qui dovrò raccoglierti con il cucchiaino come quando Giancarlo ti ha mollata e mi hai praticamente costretto a scolarmi una bottiglia di vodka al melone in una sera? Abbiamo sfiorato il coma etilico, se ci penso mi vengono ancora i conati.

A Natale, per tua grande soddisfazione, ho ricevuto una PS nuova, e in effetti è stata la svolta. E tu? Cos'hai ricevuto?

PS: Ho deciso di lasciare il corso di cinese, troppi segni e regole da ricordare! :P

Com'era...? A tre centimetri dal cuore, giusto?

Matteo

27

Ma chi si crede di essere? Chi si crede di essere, per sparire per mesi come fosse stato inghiottito da un buco nero lontano anni luce dal pianeta Terra e poi rimaterializzarsi per parlarmi della sua PlayStation nuova?

E a te cos'hanno regalato?

Una montagna di cazzate! Caro Babbo Natale, la prossima volta guarda bene cosa metti nel tuo sacco, per favore. E aiutami a scegliere un amico migliore.

Io ero diventata logorroica e monotematica, okay, ma almeno *c'ero*. Poi mi chiedi di Leonardo come se fosse l'ultima serie TV, paragonandolo alla mia cotta più sbagliata, e mi tiri fuori ancora quell'orrenda serata della vodka al melone!

Con Leonardo le cose continuano, sì, ma non verrò di certo più a dirlo a te.

Sono senza parole, devo assolutamente raccontarlo a qualcuno. Forse Giada mi capirebbe. Ora le mando un messaggio e magari oggi passo a trovarla, ho bisogno di un consiglio: voglio capire se sono pazza io o se è Matteo a essersi comportato in modo inaccettabile. Devo ammettere che all'inizio, quando ho visto la sua lettera nella cassetta della posta ho provato un tuffo al cuore. In fondo ho aspettato per mesi che si facesse vivo... Ma può pensare di tornare da me in questo modo? Cosa sono, un interruttore che si accende e si spegne a piacimento?

Stamattina all'intervallo Andrea e Angela mi hanno invitato con loro nello stanzino segreto, ma ero talmente sottosopra per questa cosa che non ci sono andata. Quei due sono sempre più pappa e ciccia, secondo me mi nascondono qualcosa. Meglio lasciarli da soli.

Giada mi ha risposto subito con entusiasmo, perciò dopo l'ultima campanella della giornata volo da lei. Al semaforo sento il telefono vibrare in tasca: è un messaggio di mio padre.

"Dove sei?"

"Pranzo fuori con un'amica, l'ho già detto a mamma" digito velocemente mentre cammino.

"Perché non l'hai detto anche me? A quanto pare conto meno, come sempre."

Ecco, quando fa così mio padre è davvero esasperante. Decido di ignorare il suo lamento e di non rispondergli più. Con lui le discussioni nascono così.

Papà ha l'impressione di venire sempre dopo qualcuno o qualcosa, come se dovesse stare al centro dei miei pensieri, ed è ovvio che non può essere così, ma questo non significa che non sia importante per me, anzi.

E ha ragione, avrei potuto dirlo anche a lui, dato che mia madre oggi a pranzo non c'è, e quindi mangerà da solo. Ma perché farne sempre un affare di Stato? Insomma ho già i miei problemi. Tanto valeva che mi chiedesse: "Preferisci mamma o papà?".

Per me non è mai esistito un genitore migliore dell'altro, e ho sempre trovato ridicola questa domanda. A che cosa serve? A parte mettere in imbarazzo i figli.

È vero, io non sono molto affettuosa con i miei, e ultimamente proprio per niente. So che meriterebbero qualche abbraccio e qualche "ti voglio bene" in più. Ma so anche di amarli molto.

"Okay, dài scusa papà, non prenderla così. Credo ci siano degli spinaci in frigo. Baci, a stasera" digito ormai sulla soglia della pasticceria, sperando che questo basti.

Dalla vetrina intravedo Giada e la sua collega, che sta servendo una coppia di anziani. Il bancone è un tripudio di dolci profumatissimi.

«Ciaooo» Giada mi corre letteralmente incontro. «Si può sapere dov'eri finita? È una vita che non ci vediamo! Se avessi aspettato ancora un po', non mi avresti più trovato... Hanno accettato la mia domanda all'Acquario di Genova! Parto il mese prossimo! Dobbiamo festeggiare.»

«Ma che meraviglia! Sono felicissima per te, amica. Hai ragione, ma sai, ho avuto molto da studiare» dico cercando di sembrare il più sincera possibile. «Nemmeno tu però ti sei fatta molto sentire ultimamente...»

«Ho dato un grosso esame settimana scorsa, fisiologia vegetale, mi ha perseguitato per mesi, non credevo di passarlo. Ora mi sento molto sollevata. Uno in meno alla meta!»

«Giada, tu sei veramente un mito!»

«Eh sì, capirai che mito... È da mesi che appena stacco qui vado all'università e nei weekend mi chiudo in casa a studiare con una mia compagna. Senza Federica non ce l'avrei mai fatta. Ti pare vita questa? A me non tanto...» Cerca di sembrare contrariata, ma dalle sue parole trapela la giusta soddisfazione. È veramente in gamba, l'ammiro. «Ma tu, invece? Cos'è sta faccia? Mi sembri giù, sbaglio? I tuoi amorazzi?»

«Non sono giù, ma nemmeno troppo felice. Sono in un limbo, in pratica. Lascia perdere i miei *amorazzi*, stavolta non è quello il problema.»

«E allora che c'è?»

Entrano due clienti e per un attimo dobbiamo interromperci. Mi faccio da parte e la lascio lavorare. La vedo mettere su un piattino due tortelli ricoperti di zucchero a velo e mi viene l'acquolina in bocca. Quelle frittelle ripiene di crema chantilly mi fanno proprio impazzire, le chiacchiere in confronto sono dei dolci a metà. Maledetto Carnevale... Rischio di ingrassare anche solo con il pensiero. Comunque questo posto è terapeutico, mi sento già meno arrabbiata.

«Dicevamo?» mi chiede Giada non appena torna da me.

«Scusa, non ti ho ancora chiesto se vuoi qualcosa. Toast e Coca?» mi propone facendomi l'occhiolino.

«Andata. Ho i ticket di mio padre, li prendete?»

«Sì, Linda, però ora sputa il rospo, eh, o vuoi farti pregare?»

Non mi va di sfogarmi con lei, non ci vediamo da troppo tempo e mi sembra egoista, e poi mi sento anche un po' stupida. Insomma, non so più quello che penso. Ma Giada insiste.

«Qualcosa non va?»

«N-no, tutto bene.» Fingi, Linda, fingi meglio! Odio il tono fragile della mia voce, non sopporto quando non riesco a mascherare le emozioni.

Sento gli occhi umidi, presto le lacrime mi righeranno il viso e la maschera cadrà.

«È solo che...» comincio, ma non riesco a continuare.

«Cosa? Ehi, io sono qui.» Giada mi stringe una mano tra le sue.

«Si tratta del mio migliore amico, non ne ho mai parlato con nessuno, mi sento così stupida...» Fa male ammetterlo ad alta voce.

«Non dire sciocchezze, avanti! Che è successo con lui?»

«Da quando sono arrivata a Milano abbiamo iniziato a scriverci delle lettere.»

«Che carini! Che cosa romantica...» Le lancio un'occhiataccia. «Okay scusa, ti lascio continuare.»

«A un certo punto io ho iniziato a uscire con un ragazzo e, insomma, gliel'ho raccontato...»

«Ma non l'hai raccontato a me, in compenso!»

«Insomma, Giada! Mi fai andare avanti o no? Non è lui il problema adesso.»

«Hai ragione hai ragione, scuuusa, prosegui pure.»

«Bene, Matteo a quel punto è letteralmente scomparso, *gone, wanted dead or alive,* hai presente? Dal nulla, da un momento all'altro, silenzio stampa. Ho chiesto ai nostri amici in comune se sapevano che fine avesse fatto, e loro mi dicevano che era tutto okay, di provare a chiamarlo. Non so quanti messaggi ho lasciato nella sua segreteria. Lui non mi ha mai risposto, nemmeno su WhatsApp.»

«Non sarà mica geloso?» mi chiede Giada sospettosa. «Scusa eh, ma sembra un'equazione perfetta: tu ti fidanzi e lui scompare... Più chiaro di così!»

«Oddio, già "fidanzata" è un parolone, anche questo è da vedere... Comunque non lo so, non credo che il problema fosse quello. Cioè, di sicuro io sono stata un po' pesante, ripetitiva, e forse ho smesso di chiedergli notizie, gli parlavo solo di me. Ammettiamo pure che io non sia stata una buona amica, ma lui è spa-ri-to! Senza una spiegazione.»

«Mamma mia, come sei tragica!»

«Non è un modo orribile di comportarsi?»

«Certo, questo sì, e immagino la tua sofferenza. E mi dispiace, piccola. Ma quindi? Perché non è finita qui, vero?»

«No infatti. Quindi ieri è riapparso.»

«Wow!»

«Macché wow! È ricomparso con una lettera come se niente fosse, senza nemmeno scusarsi, ricominciando a fare lo spiritoso e dicendomi che per un periodo mi aveva trovato insopportabile, ma ti pare normale?»

Credo che mi si stiano gonfiando le vene del collo dal nervoso.

«Linda posso farti una domanda?» mi chiede Giada seria. «Sei sicura che per te sia solo un amico?»

«Che intendi?»

«Voglio dire che se fosse stato solo un amico forse avresti reagito diversamente. Non posso giudicare, non conosco il vostro rapporto, ma tu mi sembri sconvolta. Forse non è solo amicizia quello che avvertivi stando con lui, ma ti ripeto, non vorrei azzardare troppo. Anche io ho perso qualche amico, ma la tua reazione mi ricorda piuttosto me con il mio ex. Me lo stai descrivendo come se rappresentasse il tuo ossigeno, il tuo punto felice... Magari è sempre stato qualcosa in più e non te ne sei mai accorta, ma da come ne parli quello che posso dirti, da estranea alla vicenda, è che lui sembra più il tuo ragazzo che il tuo migliore amico.

Credo che tu debba fare un po' di chiarezza dentro te, Linda, ma promettimi – e ripeto, promettimi – che comunque andranno le cose troverai il modo di uscirne presto. Non voglio vederti soffrire così.»

Le sue parole mi lasciano di sasso. In tanti hanno detto scherzando che io e Matteo davamo l'impressione di due fidanzatini, ma non ho mai preso seriamente in considerazione l'idea.

Il ragionamento di Giada non fa una grinza. E se avesse ragione? E se tutto ciò che ho sempre cercato fosse sempre stato lì, a un passo da me?

Troppe, troppe domande, troppe certezze messe in dubbio. E poi adesso c'è Leonardo. Questo glielo racconterò un'altra volta, povera Giada, non posso abusare di lei così!

«Ci penserò» rispondo, forzando un sorriso.

«Che ne dici di venire con me a una festa questo fine settimana? Così magari ti distrai, secondo me è utile. Io festeggio l'esame e tu dimentichi per una sera i massimi sistemi sull'amore e l'amicizia, okay? Io, te e Federica. È una festa di carnevale, ci penso io a recuperare due cose da metterci, se aspetto te… Ah, tra l'altro vedo che non hai abbandonato la tua passione per le felpe con il cappuccio» dice scuotendo la testa. «Vedrai che ci divertiamo.»

Forse una serata diversa è una buona idea.

28

«Forse non è buona idea» protesto mentre Giada alza la zip del mio vestitino attillato. Mi guardo nello specchio perplessa.

«Cosa? Non dirai sul serio. Questo vestito ti sta d'incanto!»

Ho accettato l'invito di Giada a uscire con lei e Federica: è una festa universitaria, perciò ci sarà tutta gente più grande di me. A Leonardo non l'ho nemmeno detto, tanto il sabato sera gioca sempre a calcetto coi suoi amici. Giada continua a insistere sul fatto che sarà una buona occasione per distrarsi. Speriamo.

Osservo le mie curve riflesse. Tutti i patimenti delle ultime settimane sono serviti quantomeno a perdere qualche chilo.

«Di solito non mi diverto in discoteca» ammetto.

«Dici così perché sei giù di morale, ma promettimi che stasera ti sforzerai di non pensare a niente e io ti prometto una serata indimenticabile!»

«Capirai...» bisbiglio guardandomi intorno.

Il monolocale di Giada è da sogno. Piccolo, ma tutto per lei. Sul tavolo ci sono i libri dell'ultimo esame che ha dato, mentre alle pareti sono appese gigantografie del mare e di pesci di ogni specie. Mi fermo davanti a uno particolarmente buffo e sgraziato.

«Ti fa ridere eh, il povero pesce luna? Non è bellissimo in effetti. In inglese si chiama *sunfish*, e sai perché? Quando c'è il sole risale in superficie e resta lì spaparanzato, così gli uccelli lo aiutano a liberarsi dei parassiti. Mica scemo! Ogni tanto dovremmo farlo anche noi, rilassarci e farci aiutare da qualcuno a liberarci dalle negatività, come sto facendo io con te stasera! E per fortuna che ho comprato due maschere, così nessuno vedrà la tua faccia cupa.»

Già perché, come se non bastasse, non solo stiamo andando a una festa, ma è pure Carnevale. Uno di quei momenti dell'anno per me incomprensibili, quando sembra che ci si debba divertire a tutti i costi.

«Se proprio ci tieni, il tuo "costume" comprende anche la coda, cara la mia gattina. *Miaooo.*»

Niente da fare, Giada è completamente calata nella parte. Rimbalza da descrizioni alla Piero Angela sui misteri della Natura a consigli su trucco e abbigliamento.

«Ma insomma, c'è qualcuno che ti piace stasera?» le chiedo.

«Intendi dire se troverò il mio, *roooar*, Re della foresta?» chiede lei affacciandosi dal bagno con la maschera da leonessa. «Lo spero proprio, cara mia, qui è da tempo che non si batte chiodo.» Scoppiamo a ridere insieme. «Non che mi dispiaccia la solitudine, ci sto anche bene, ma con una pausa ogni tanto è meglio.»

Diverse paia di scarpe sono sparpagliate in giro per la stanza insieme a biancheria e a magliette di tutti i colori buttate qua e là. Le ante aperte dell'armadio lasciano intravedere vestiti sbrilluccicanti, corti e lunghi, gonne di pelle, top, maglie e jeans di ogni genere. Se mia madre vedesse questo posto probabilmente le verrebbe un infarto.

Sul comodino Giada ha una trousse piena di trucchi, con ogni genere di prodotto, persino le ciglia finte.

«Linda, toglimi una curiosità, cosa hai raccontato ai tuoi per stasera?» mi chiede passandosi sulle labbra una tinta rosso fuoco.

«Ho detto che sarei andata al cinema.»

«Tu... hai mentito! Lo sapevo!» commenta divertita e quasi incredula. «Sarà ancora più divertente ballare fino a perdere il fiato mentre dovresti essere seduta su una poltroncina blu con un pacchetto di popcorn in mano» ride tutta soddisfatta. «Perciò, Miss Pinocchio, come dovrebbe svolgersi la tua serata?»

«Pizza e cinema con un'amica» rispondo provandomi un paio di stivaletti neri. Niente male.

«Ma poi ti fermi a dormire, giusto? Così quando torniamo ci facciamo una maratona di *The Vampire Diaries*!» mi propone facendomi l'occhiolino e sistemando il cellulare in una borsetta minuscola.

«Okay!» dico guardandomi per l'ultima volta allo specchio.

«Ehi... Stai benissimo.» Sorrido imbarazzata dal suo complimento, mimandole un "anche tu". «Sicuramente meglio di quando sei arrivata qui con quella felpa del secolo scorso.»

Scoppio a ridere. «Sei una stronza! Basta accanirsi contro le mie felpe!»

«Siamo in ritardo, muoviamoci, altrimenti Federica non riesce a farci entrare gratis.»

«Sei assurda Giada.»

Sì, probabilmente lo è, ma riesce a farmi sorridere, ed è l'unica che ha questo potere al momento. In genere non mi fanno impazzire i posti affollati, dove tutti sono vestiti da scemi e fanno finta di divertirsi con in mano cocktail ghiacciati. Ma evidentemente quella sbagliata sono io.

«Ah, guarda un po' qui, me ne stavo quasi dimenticando» dico estraendo dalla mia borsa un sacchetto di coriandoli.

«Coriandoli... hai portato veramente dei coriandoli?»

«Che c'è?» chiedo, notando la sua espressione stranita. «Sbaglio o è Carnevale?»

«Linda, ma dove vivi? Non è una festa dell'asilo! Allora perché non ti vesti da Elsa di *Frozen*, già che ci sei? Mettili giù dài, c'è il taxi che ci aspetta.»

Non è proprio questa la mia idea di "svagarsi un po'"... Cosa mi stai facendo fare, Matteo? Non mi piace nemmeno bere! E ora sono seduta in un taxi diretta non so bene dove, con una coda da gatta attaccata al vestito. È difficile non sentirsi una perfetta idiota.

«Grazie, va bene qui. Siamo arrivate» dice Giada al tassista.

C'è tantissima gente e mi sento male solo all'idea di mischiarmi alla folla. Giada se ne accorge.

«Vuoi dirmi che ti prende? Linda, io ci sto provando, okay? Sto facendo del mio meglio per cercare di tirarti su il morale, ma a quanto pare senza successo. Ormai siamo qui e tutto ciò che possiamo fare è metterci in fila, aspettare che Federica ci faccia entrare e goderci della buona musica. Che ne dici?» mi fa, smanettando con il cellulare, probabilmente per rintracciare la sua amica.

«Ehi, bellezza!»

Da una porta laterale esce una ragazza di colore e ci viene incontro su dei tacchi vertiginosi. Gli stivali le arrivano sopra le ginocchia. Ha i capelli lunghi e ricci e un accento milanesissimo, con le "e" aperte.

«Federica, eccoti!» esclama Giada abbracciandola, prima di fare le presentazioni.

«Piacere di conoscerti, Linda. Allora, ragazze, ho un'ottima notizia: non ci accoderemo a quella fila infinita davanti all'ingresso. Il mio ragazzo è il DJ della serata, ci farà entrare dal retro.»

«Forte!» esclamo, cercando di mostrarmi euforica mentre ci incamminiamo verso una porta secondaria. Il mio entusiasmo è paragonabile a quello di *Dora l'esploratrice* quando chiedeva aiuto da casa e i bambini le rispondevano ad alta voce parlando con il televisore. Per la cronaca, la sottoscritta non l'ha mai fatto.

Un ragazzo biondo ossigenato viene ad aprirci. «Benvenute, ragazze! E ciao a te, amore mio, quanto sei sexy stasera» dice, avvinghiandosi a Federica. Non appena dentro, la musica assordante comincia a tormentare le mie povere orecchie.

Giada e Federica vanno dirette al bancone dei drink e mi fanno segno di seguirle. D'accordo, forse è meglio provare a rilassarsi un po'.

«Cosa prendi?» mi urlano in coro.

«Una birra!» rispondo cercando di rompere il muro del suono. Loro hanno già ordinato vodka tonic.

Le persone sono quasi tutte mascherate o vestite in modi assurdi. Io e Giada in confronto siamo sobrie. Mi passa accanto l'Uomo Ragno e chiede un moscow mule per la bella Daenerys del *Trono di Spade*. Questi due vincono di sicuro l'Oscar per la coppia più improbabile della serata.

Bevo qualche sorso e facciamo un giro per il locale. È già piuttosto affollato. Una coppia è vestita da John Travolta e Uma Thurman in *Pulp Fiction*. Lei caschetto corvino e camicia bianca, dove, all'altezza del cuore, ha già inserita la siringa di adrenalina che lui le farà a fine serata. Vampiri e vampire si sprecano, molti si sono truccati le facce di bianco e hanno gli occhi rossi.

Balliamo un po', Ghali mi piace parecchio.

«Allora!? Che ne dici?» mi urla Giada. «Non è male, vero?!»

Annuisco. In effetti ci sta una serata un po' diversa, perché no?

«Vado a cercare Fede, aspettami qui» mi dice all'orecchio.

«Okay!»

Subito mi si avvicina un tizio vestito da… fiammifero. A quanto pare mi ha individuato come sua compagna ideale, mi pare ovvio. Separati alla nascita!

«Ciao micetta, vuoi prendere fuoco con me?»

È talmente penoso da risultare comico: inizio a ridere e non riesco a fermarmi, forse è una crisi nervosa.

Lo sconosciuto è tutto vestito di beige, alto e magro, con questo gigantesco cappello rosso e l'espressione triste, anche se cerca di sorridere. Dev'essere l'unico più a disagio di me qui dentro.

«Vado in bagno!» gli annuncio. Potere salvifico dell'insegna luminosa che cattura la mia attenzione. Spero solo che non sia pieno di coppie intente a pomiciare…

Per arrivare alla toilette è tutto un: «Permesso. Scusa. Permesso. Scusami, non volevo spingerti. Permesso?», ma per fortuna nessuno mi rovescia addosso il bicchiere.

Entro nei bagni e cerco di non fare caso a una giovane Minnie intenta a vomitare.

Il mio stomaco è messo a dura prova. Finalmente si libera un bagno, e mi ci chiudo subito dentro per sottrarmi a questo spettacolo.

"SOS. Serata pacco :(" digito in fretta alla mia migliore amica, sperando che risponda subito. La scritta *online* sotto il suo profilo mi allarga il cuore di una spanna.

"Hai beccato i tuoi mentre cercavano di regalarti un fratellino?"

"Oddio, Miry, no! Sei fuori, ahahah. Al momento sono nel cesso di una discoteca vestita da gatta insieme una ragazza che sta vomitando... Sai com'è, è Carnevale."

"Non mi sembra la fine del mondo, sai? Sei in discoteca a una festa di carnevale... È così terribile? Beata te <3"

"Sì, forse hai ragione, ma sono tutti più grandi e..."

"Bel problema... Vuoi che ti racconti com'è andata qui la festa di carnevale con gli scout?"

"Immagino..."

"Ti mando una foto di Walter?"

"Da cosa si è vestito?"

"Zorro."

Forse Milano non è così male. L'idea del nostro capo scout vestito da Zorro mi provoca una risata convulsa, ma anche una fitta di malinconia. Mi sento lontana da loro anni luce...

"C'era anche Matteo?" digito pensierosa, mentre qualcuno bussa forte alla porta: devo proprio andarmene.

"No, non è venuto, ti ho detto che si fa molto i fatti suoi in questo periodo."

Nemmeno alla festa di carnevale degli scout... Ma che sta combinando?

"Ora devo andare... Ciao Miry, un bacio, a presto!"

"Baci Lì, torna in pista e fagli vedere chi sei."

Ritorno in sala, la gente nel frattempo è aumentata, adesso è davvero difficile passare. Giada e Federica stanno ballando abbarbicate a due Blues Brothers.

«Linda! Eccoti finalmente, ti stavamo cercando.»

«Ero in bagno!» grido più forte che posso, sperando che mi sentano.

«Giada, non posso crederci, guarda lì!» interviene Federica tutta accaldata. «Non è tuo fratello quello? Credevo che stesse ancora con Valeria, invece ora sta baciando... selvaggiamente direi... una dodicenne?!»

Vuoi dire che sto finalmente per conoscere il famoso perfido fratello di Giada? Mi volto incuriosita, la serata si fa interessante. Ma poi...

Non appena il mio sguardo si posa su quella coppia, che si bacia come se non ci fosse un domani, il cuore mi sprofonda nel petto.

Non può essere, non è lui. Non sono *loro*. Non può essere vero.

Guardo meglio, sperando di essermi sbagliata, sperando che sia tutto uno scherzo.

«Tipico di Leonardo!» commenta Giada.

Leonardo, ha detto Leonardo.

Allora è vero: quelli sono Leonardo e Angela.

29

Io non ci posso credere, non posso credere ai miei occhi. Mi precipito da loro.

«Interrompo qualcosa?!» Si girano verso di me e poi si guardano confusi. Come biasimarli.

«Oh mio Dio, Linda! Ci sei anche tu!» balbetta Angela in modo patetico.

«Ehi, mi dispiace, siamo un po' ubriachi, tutto qui» rincara la dose lui.

Tutto qui?!

«Tu sei una vera merda!!!» urlo con tutto il fiato che ho in gola. Leonardo abbassa la testa e non osa ribattere niente, ma Angela scoppia a ridere in modo isterico.

«Che bella coda!» biascica, mentre lui l'aiuta a reggersi in piedi.

Giusto! Dimenticavo che, in tutto questo, io sono pure vestita da gatta. Ora sì che mi sento meglio. Ovviamente loro se ne sono sbattuti del Carnevale e sono dignitosamente in abiti "civili".

«E si può sapere come ci siete finiti qui insieme?»

«Linda, te l'ho detto, mi dispiace. Abbiamo solo bevuto un po' troppo, tutto qui. Non ci siamo messi d'accordo prima, okay? Io sono venuto con dei miei amici e lei era qui per conto suo.»

«Siete proprio due stronzi» dico andandomene. Ci manca solo che scoppi a piangere davanti a loro.

«Ehi, Linda, aspettami!» mi chiama Angela. A quanto pare ha deciso di seguirmi, anche se penso che finirà a terra prima dell'uscita. Invece ce la fa, evidentemente sorretta dal mare di folla.

«Quanto sei ubriaca?» le chiedo in lacrime. «Vuoi spiegarmi che cosa ti è venuto in mente?!» urlo al limite della sopportazione.

«Ma di che parli?» chiede, cercando di restare seria con scarsi risultati. Immagino che nella sua testa adesso ci sarà una scimmia che sbatte i piatti.

Stringo le labbra in una linea sottile. «Ti ho vista, con Leonardo» le dico a fatica.

«Non è assolutamente come pensi e poi Tony era troppo noioso» farnetica.

«Chi cazzo è Tony?!»

«Un amico di mia sorella vestito da cowboy. Siamo venuti con lui a questa bella festa.»

«Non me ne frega niente, Angela!» La scuoto per le spalle. «Credevo che fossimo amiche.»

«Non ho pensato alle conseguenze, mi dispiace, non ho pensato proprio a niente. Sembrava tutto così ovattato e la testa girava. Mi sento leggera come una piuma.»

È ubriaca fradicia.

«So che dovrò farmi perdonare e che ho combinato un vero casino, ma ora scusami, il mio autista personale è venuto a prendermi» continua, appoggiandomi una mano sulla spalla mentre con l'altra indica un'auto che sta accostando al marciapiede.

L'autista personale è suo padre, lo riconosco. Devo andarmene prima che mi veda, non vorrei che chiedesse *a me* di rendergli conto delle condizioni di sua figlia… Sarebbe grottesco. Magari Angela è stata pure capace di raccontare che saremmo uscite insieme, quando non ci siamo dette che stavamo andando nello stesso locale. Pazzesco.

L'idea di affrontare di nuovo Leonardo mi fa venire il

voltastomaco, preferirei farmi dilaniare viva da un branco di maiali piuttosto che rientrare nel locale.

«Linda! Dov'eri finita?» esclama Giada venendomi incontro. «Aiuto, ma che succede?»

Accanto a noi c'è un gruppetto di ragazzi vestiti da eroi della Marvel che fumano ridendo. Forse non ne posso più di stare in questo posto. Forse mi sento male. È successo tutto così in fretta... Era Leonardo il fratello di Giada, quel tipo odioso che l'ha fatta soffrire con i suoi comportamenti egoisti...

Sento gli occhi pizzicare dalla rabbia.

«Quelli erano il mio ragazzo e la mia amica, capito? Un po' di tempo fa mi sono messa con un tipo, ti ricordi che te ne ho parlato, e tu mi hai sconsigliato gli stronzi perché ti ricordavano tuo fratello? Ecco, lui *era* tuo fratello. E stasera era avvinghiato alla mia compagna di banco.»

«Che cosa?! Oddio, non ci posso credere! Ma... stai con Leonardo?! E non mi dici niente?»

«Ma che ne sapevo io? Volevo raccontarti di lui, ma non ci siamo viste per un po' e poi so come la pensi sui tipi come lui... Avevo paura del tuo giudizio.»

«Ma no... Oh Linda, non ci posso credere. Mi dispiace tanto, piccola, vieni qui.» Scuote la testa e mi abbraccia forte. «Che merda. Senti, andiamocene a casa, vuoi? O preferisci parlargli...»

«No!» dico tra le lacrime.

«Okay, mando un messaggio a Federica e addio.»

Giada è stata molto comprensiva. Ha capito immediatamente la situazione e mi ha consolato a lungo, a casa sua. Credo di aver consumato una tonnellata di fazzoletti di carta.

Sai cosa, Leonardo? Ero convinta che fossi diverso, migliore degli altri.

Ho immaginato che dietro al tuo atteggiamento da stronzo menefreghista si celasse un animo sensibile. E invece sei come gli altri, anzi *peggio*. Senza scrupoli, senza rispetto. Aveva ragione Andrea. Su tutto. E io l'ho ignorato. Perché non mi sono fidata di lui?

Allora com'è? Ti eri stufato di me ed era arrivato il momento di passare alla mia compagna di banco?

Credevo che ci assomigliassimo, noi due: anime fragili in un mondo difficile. Invece ho capito che è proprio a causa dei tipi come te che quelle come me soffrono tanto.

Siamo stupide, è evidente.

Dedichiamo attenzioni e sentimenti a qualcuno a cui non importa nulla di noi, che si limita a giocare con le nostre emozioni. Perché siamo attratte da tipi così? Dovremmo smetterla di illudere il cuore, di sperare in amori impossibili e di fantasticare su storie con la data di scadenza.

E tu, Angela? Ora capisco le ambiguità, le mezze frasi, i comportamenti strani dell'ultimo periodo. Leonardo piaceva anche a te e ti sei messa in mezzo. Forse è stato lui a cercarti? Non importa, tu non ti sei certo tirata indietro. Anzi. Ora che ci ripenso, da quando hai capito che Leonardo mi piaceva io e te abbiamo iniziato ad allontanarci.

Non so chi dei due odiare di più, è tutto maledettamente complicato.

Ti è piaciuto giocare con *quella nuova*, con la ragazza più piccola, vero Leo? Un gioco, un passatempo. A cui presto se ne è aggiunto un altro... e magari altri ancora.

Cosa ti piace di noi? E perché una delle due non ti basta?

Sei come un bambino capriccioso, che vuole sempre di più. Un presuntuoso che preferisce apparire anziché essere, uno che è convinto di avere ragione ma senza il coraggio di confrontarsi con gli altri.

Non sei quello che credevo, e questo mi fa male.

È stato bello, è stato facile credere che fosse arrivato davvero il principe azzurro, la persona che mi avrebbe salvato dalle mie paranoie. E invece guardaci, Leonardo.

Io che trattengo le lacrime mentre tu baci un'altra.

Io che crollo e muoio dentro mentre tu te la spassi.

Ma sai una cosa? Non sto male per te, non sei tu l'artefice delle mie lacrime.

È la consapevolezza della solitudine e della delusione a farmi stare peggio.

Mi sono illusa di nuovo. Illusa che tu fossi un vero uomo. È questo che fa male.

Un vero uomo si innamora della personalità, del modo di essere della sua donna. L'aspetto fisico viene dopo.

Un vero uomo non si stanca di lei in un paio di mesi, non bacia un'altra in una squallida discoteca.

Un vero uomo rischia tutto per la sua compagna. Tu non meriti di essere definito tale, questo è chiaro.

Sei grande, certo, sicuramente più grande di me, eppure non hai ancora imparato cos'è l'amore. Forse neanch'io, lo ammetto, ma non ho mai baciato il primo che mi è capitato attorno, non ho concesso attenzioni a qualcuno solo per illuderlo. Se mai dovessi decidere di farti un esame di coscienza, per favore, bocciati.

Bocciati per tutte le volte che ti sei preso gioco dei sentimenti altrui. Bocciati perché non conosci il rispetto, la fedeltà, i valori fondamentali della vita.

A essere onesti, anch'io dovrei bocciarmi, per aver perso tempo dietro a uno come te.

Per aver donato ancora una volta il mio cuore a qualcuno che non lo meritava.

Che cosa ho avuto in cambio?

D'ora in avanti metterò me stessa in primo piano e non per una questione di egocentrismo.

Scelgo la dignità. Scelgo l'amor proprio.

30

Cos'è la felicità alla nostra età?

Una pizza con gli amici, una maglietta nuova, il biglietto per un concerto, trovare i jeans perfetti ai saldi, ricordare un sogno appena svegli, andare al cinema ignari del fatto che sia il *Pop Corn Day* e quindi riceverne un sacchetto gratis.

A pensarci bene, le banalità possono cambiare la nostra giornata, anche se l'importante non è che cosa facciamo, ma con chi. Ecco perché la distanza che mi divide dalla mia terra d'origine affievolisce tutti i momenti felici.

Mi sono sempre chiesta che cosa si provi a essere innamorati; non credevo di avere mai vissuto sensazioni del genere. Ma come sempre, ciò che vivi è ciò che ti cambia.

E ancora una volta, a conti fatti, devo imparare a fare affidamento solo su me stessa.

Sono abituata a perdonare. Ottima qualità, sulla carta, ma non sarà piuttosto che non ho il coraggio di troncare i rapporti tossici per la paura di restare sola? Per la paura di non essere abbastanza?

Non sono una ragazza dolce, anche se poi bastano le piccole cose, i piccoli dettagli a rendermi felice: forse sono soltanto strana. Chi può dirlo?

Vorrei capire come smettere di perdonare chi non lo merita. Al cuore non si comanda, alle emozioni nemmeno.

Ma esiste un limite? In amore non credo.

In amore non esistono condizioni né restrizioni.

Forse è proprio questo il punto.

Se senti il desiderio di fermarti, è perché capisci che dall'altra parte l'amore non è ricambiato. Comprendi che l'affetto che ricevi è minore di quello che dai.

Rimetterò insieme i pezzi del mio cuore e li ricucirò con cura perché già da tempo ho capito che nessuno lo farà per me. Ho rincorso le persone sbagliate, intrapreso percorsi tortuosi che terminavano in un vicolo cieco.

Probabilmente sono cambiata e, si sa, ogni cambiamento porta con sé una tempesta emotiva. L'uragano che mi caratterizza non lo auguro a nessuno. Una lotta continua, un oceano di emozioni che si scontrano fra loro.

Arriverà l'arcobaleno? O uno spiraglio di luce? Arriverà la quiete dopo la tempesta? Oppure si tratta della tempesta dopo la quiete?

Credevo che l'amore fosse diverso. Complesso, sfaccettato, certo. Ma ero convinta che tenere a una persona significasse donarle tutto ciò che si ha e non derubarla per riempire i nostri vuoti, le nostre lacune.

Come si colma la mancanza di qualcuno? Come si supera una delusione?

Dovrei cercare risposte alle mie domande, dovrei lavorare sui miei punti deboli per trasformarli in assi nella manica, ma adesso mi sento così impotente, così stanca...

Stanca di lottare per chi non farebbe mai altrettanto per me. Stanca di rincorrere sentimenti irraggiungibili, sogni troppo distanti dalla realtà.

Sono stanca di perdere le persone a cui tengo. Stanca di concedere la mia fiducia a chi non ha mai fatto nulla per meritarla.

Sono stanca di non amarmi, stanca di avere perennemente paura della bilancia e del giudizio altrui. Sono stanca, stanca e basta. Sembra che l'unica cosa che io sappia fare è scrivere, come se fosse sufficiente ad alleggerire il peso che grava sulle mie spalle.

Dovrei imparare ad amarmi di più, tutti dovremmo.

È fondamentale che ciascuno di noi ami se stesso, perché la vita insegna che chiunque è pronto a giudicare e a puntarci il dito contro senza nemmeno conoscerci.

Se ripenso a quante volte avrei voluto essere diversa...

Che stupida.

Devo imparare ad amarmi così come sono: testarda, impulsiva, permalosa...

Non avrei dovuto dare retta ai sentimenti, alle mille promesse.

Non avrei dovuto lasciarmi annebbiare da parole teatrali. Frasi capaci di mandare in estasi cuori deboli. Ho dato fiducia alle persone sbagliate e ogni volta è stato come morire di nuovo.

Un replay interminabile. Un ritornello senza fine.

Certo, so che vivere nel passato non garantirà un futuro migliore. Mi chiedo però che cosa mi riservi, questo futuro. Che cosa mi aspetti nel frattempo.

È come se tra il dire e il fare ci fosse un oceano in tempesta che non permette la navigazione.

Dovrei investire su di me, afferrare il timone senza paura, ma sento che Matteo rappresenta la mia barca.

La testa rotea come un bambino gira intorno a una giostra. Le lacrime annebbiano la vista come la brina fa con il parabrezza. Le memorie perforano il mio cuore come solo i ricordi sono in grado di fare.

Matteo è l'addio che non riuscirò mai a pronunciare.

Non è fuori che piove, credo stia diluviando dentro. Dovrei cambiare vita e dimenticarmi di tutto ciò che è stato. Partire e non tornare, andare lontano, anche se non credo servirebbe.

È come se fossi stata il fiore per quel famoso "m'ama, non m'ama", e ora che ho perso i miei petali, ho perso tutto.

Matteo è complicato. Comprenderlo è diventato difficile, mi chiedo spesso che cosa gli passi nella testa. Però, credo sia per questo motivo che non annoia mai chi gli sta attorno.

È una persona da scoprire, da conoscere nei minimi dettagli.

Matteo non è per tutti. Starei ore ad ascoltare i suoi discorsi ricchi di considerazioni, di punti di vista affascinanti. Pieni di *lui*.

E perché ora sto pensando a Matteo?

Ho paura. Forse è lui quell'eccezione alla regola che ho tanto cercato e che credevo di aver trovato in Leonardo. Forse ho sempre avuto tutto sotto gli occhi e non me ne sono mai accorta.

Buonanotte, caro quaderno azzurro.

Auguro sogni d'oro a chi da tempo sta cercando di dare una svolta alla propria vita con scarsi risultati.

Buonanotte a chi deve trovare il coraggio di iniziare un nuovo percorso in cui investire tutto se stesso.

Buonanotte a chi attende un segno di speranza. A chi attende la persona giusta.

Buonanotte a chi domani avrà tanto da fare perché oggi era troppo demotivato per realizzare i propri sogni.

Buonanotte a chi, come me, in questo istante è in lacrime con una melodia di sottofondo che dà conforto all'anima.

Buonanotte a chi aspetta e spera, a chi lotta per i propri ideali e a chi sta ancora cercando di comprendere se stesso.

Buonanotte a chi ha la mente incasinata, piena di pensieri aggrovigliati in un gomitolo indecifrabile.

Buonanotte a me che scrivo su un quaderno azzurro e spero solamente che domani possa andare meglio.

31

Lunedì, finalmente. Per la prima volta in vita mia sono felice che la sveglia sul comodino indichi che è ora di alzarsi. Ieri Angela ha provato a chiamarmi un'infinità di volte. Ho deciso di rispondere a uno dei suoi tanti messaggi di scuse, le ho detto di stare tranquilla, che ormai è successo, ma la verità è che ho perso totalmente fiducia in lei. Tra noi non sarà mai più lo stesso, è evidente.

A Leonardo, invece, ho scritto un messaggio dicendo che devo parlargli. Si è limitato a rispondermi: "Vediamoci all'intervallo davanti alla guardiola dei bidelli".

Appena entro in classe Angela mi sorride timidamente.

«Linda! Eccoti. Volevo chiederti se oggi ti andav...»

«Non adesso, Angela. Andrea è arrivato?» la interrompo sgarbatamente.

«Oh... Credo sia in corridoio» mi risponde delusa. Ignoro il suo tono mesto e mi allontano. Mancano ancora dieci minuti all'inizio della lezione.

Andrea è appoggiato al calorifero e sta guardando il cellulare.

Gli piombo alle spalle e gli appoggio i palmi delle mani sugli occhi. Lui sussulta per lo spavento.

«Rossana? Sei tu?» chiede titubante, mentre tocca le mie mani.

«Oddio, no!» esclamo divertita. Lui si volta all'istante.

«Linda! Scusami, pensavo fossi Ross...» dice imbarazzato. «Devo raccontarti una cosa, hai un minuto?»

«Immagino sia la stessa che mi ha raccontato Angy...»

Che sfacciata, si è confidata con Andrea!

«Ah, e cosa ti ha raccontato, sentiamo?»

«Mi ha detto della serata in discoteca e di quello che è successo con Leonardo. Mi dispiace Linda, davvero. Sono stati pessimi.»

«Mi sorprende che te ne abbia parlato. Non dovrebbe tipo vergognarsi del suo comportamento?»

«Voleva chiedermi un consiglio per rimediare, ma tu mi sembri ancora molto incazzata» puntualizza.

«Io non sono solo incazzata, okay? Sono profondamente delusa, non immagini neanche quanto. Non dovrei, secondo te?»

Sembra che tutti sentano di poter fare ciò che gli pare per poi rimediare con delle semplici scuse. Non è sempre così facile, non sempre basta essere dispiaciuti.

«Non è che non dovresti, ti capisco. È solo che mi dispiace che abbiate litigato per quel coglione.»

«Ecco, è proprio questo che volevo dirti: ti avevo giudicato male, ma avevi ragione tu sul conto di Leonardo.»

«Lasciamo stare, ti va? Spero solo che ti passi presto. E tu e Angela cercate di fare pace. Forse all'inizio non sarà facile... ma lei mi sembra davvero dispiaciuta, sai? Pensaci.»

Che carino, Andrea. L'ho sempre sottovalutato, invece è proprio una bella persona.

L'intervallo è suonato da un paio di minuti e io sono già davanti alla guardiola quando sento qualcuno toccarmi la spalla.

«Ce ne hai messo di tempo» dico acida.

«Sono arrivato appena ho potuto.» Leonardo sembra fregarsene di tutto, come sempre.

«Andiamo, devo parlarti» taglio corto puntando decisa verso lo stanzino segreto.

Lui sembra confuso. «Dove stiamo andando?»
«In un posto che conosci bene.»
Mi guardo intorno prima di aprire la porticina segreta, poi gli faccio segno di seguirmi.
«Come mai conosci questo posto?» All'improvviso il suo tono è distaccato, duro, anche se dovrebbe essere l'ultima persona al mondo a concedersi il diritto di indignazione.
«Mi ci ha portata Andrea tempo fa, ma non credo sia questa la cosa importante» dico sedendomi sul divano.
«Che testa di cazzo» borbotta scuotendo la testa.
«Andrea non è per niente una testa di cazzo, non parlare di lui in questo modo!»
Vorrei continuare con la difesa del mio amico, ma ora ho qualcos'altro che mi preme sapere: la sua versione dei fatti.
«Ti sei divertito alla festa? Non mi avevi detto che ci saresti andato.»
«Intendi il mega-fiasco dell'altra sera? Non mi è mai piaciuto il Carnevale, ma tu eri carina vestita da gatta.»
Non ci credo, è ancora in vena di complimenti come se niente fosse.
«Ascolta, Leo...» Sento gli occhi pizzicare e la sicurezza scomparire come per magia. «Si può sapere che cos'hai in mente? Adesso mi devo aspettare di vederti nei corridoi abbracciato ad Angela?»
Lo sento sospirare, poi si stropiccia gli occhi energicamente.
«Eravamo solo ubriachi e annoiati, te l'ho già detto.»
«Questa non è una giustificazione. E comunque tra noi è finita.» Mi alzo, decisa ad andarmene. «Sempre che sia mai cominciata.»
«Come vuoi. Ma sì, meglio così, lasciamo stare. Forse non ci siamo mai capiti, e questo è tutto!»
Ecco come finisce una storia: di colpo niente più brividi, niente più farfalle, niente di niente. Leonardo ha distrutto ogni cosa.
«Sai una cosa? Mi sembravi un tipo tanto speciale e invece mi sono sbagliata. Avevo visto in te cose che non esi-

stono, è questo che mi brucia di più. Mi hai ferito e io non posso sopportarlo. Ho sempre pensato di non essere *abbastanza*, invece ho capito che io, per te, sono troppo. Non merito questo. Nessuno merita un rapporto così finto.» Un groviglio di emozioni negative mi si agita dentro. «E per tua informazione» riprendo «tua sorella Giada è una mia carissima amica. Che sorpresa, vero? Sono rimasta stupita anche io, non vi assomigliate per niente. Come il giorno e la notte. Lei è mille volte meglio di te.»

«Sì, ci manca solo mia sorella in questa storia... Senti, hai ragione tu, amici come prima, okay?»

«Io e te non siamo mai stati amici.»

Torno in classe di corsa. È stata la cosa giusta da fare?

Tutti raccomandano di allontanarsi dai rapporti tossici, ma quando poi tocca a te è diverso. Forse sarà una vittoria che si apprezza col tempo, come dicono, ma al momento non basta tutto lo zucchero filato del mondo a farmi sorridere.

32

Caro Matteo,

averti sentito di nuovo dopo mesi dovrebbe rendermi felice. È incredibile che tu possa pensare di rifarti vivo così, come se niente fosse, dicendomi che ero diventata noiosa e pesante. Eri il mio migliore amico e pensavo che avremmo condiviso tutto, che tra noi non ci fossero segreti, ma evidentemente dovevo filtrare i racconti e l'entusiasmo anche con te, come faccio con il resto del mondo. Scusa se sono delusa, ma non riesco a provare altri stati d'animo in questo momento. Avresti almeno potuto dirmelo, che per te stavo diventando insopportabile: sarebbe stato sempre meglio che sparire. Sparire. Non è forse questo il peggiore dei tradimenti?

I miei stamattina mi hanno dato una gran bella notizia: a Pasqua torniamo ad Agrigento. Mancano due settimane, e quest'anno cade addirittura il giorno del mio compleanno. Quante felici coincidenze! Se me l'avessero detto un po' di tempo fa, avrei fatto le capriole in aria dalla gioia, ma adesso? Adesso non so più niente.

Con Leonardo, per tua informazione, è finita malissimo. Spero che sarai soddisfatto, così non sentirai più parlare di lui. Anzi, direi che è passato in cima alla lista dei più grandi stronzi di sempre. Ora che l'ho sperimentato sulla mia pelle posso ritenermi soddisfatta. Già. C'erano stati molti segnali, ma li avevo ignorati, mi piaceva troppo. È così che funziona in amore, no? Improvvisamente ogni tipo di ragione sparisce e l'unico a decidere è il *cuore. Ma la razionalità esiste proprio perché la cosiddetta magia dei sentimenti annebbia tutto ciò di cui bisognerebbe accorgersi. No, tranquillo, non ricomincerò a parlare di lui, tra poco finirà nell'*ASSE*: Archivio Super Stronzi Eliminati. È una classifica inventata dalla mia amica Giada, che ha un archivio già bello fitto. Ma lei ha ventun anni. Onestamente, spero di non mettere insieme un "catalogo" delle dimensioni del suo.*

Oggi mia madre mi ha parlato del mio compleanno. Ha detto che siccome torniamo a casa per Pasqua potrò festeggiarlo con tutti voi. Ho cercato di mostrarmi entusiasta, ma sai qual è il problema? In Sicilia non mi aspetta più nessuno, credo.

Era la mia paura più grande. Da quando ho saputo che mi sarei trasferita ho temuto che mi avreste cancellato dalla vostra vita, e così è stato.

Io e Antonio non ci sentiamo da settimane, ogni tanto commenta le mie foto sui social, ma il nostro rapporto si è raffreddato drasticamente. Non mi ha più chiamato per raccontarmi di Manuela, quella del corso di canto. Parlava a ruota libera di lei per ore intere e io alla fine perdevo sempre il filo. L'ho chiamato l'altro ieri, volevo sapere come gli stessero andando le cose. Ha riattaccato dopo appena quindici secondi, dicendomi che era in palestra, anche se dal silenzio di sottofondo non sembrava. Voglio dire, in quale palestra quella musica snervante non accompagna gli esercizi? Ovviamente non mi ha più richiamato.

Miriam invece è sempre disponibile, anche se quando le chiedo di te continua a rimanere vaga, e la confidenza fra noi è un po' diminuita.

Mi ha raccontato di essersi messa con un certo Paolo più di un mese fa. Ecco, una volta lo avrei saputo dall'inizio, ogni dettaglio, come abbiamo sempre fatto. Inutile dire che non è andata così.

Le mie ex compagne di nuoto scrivono costantemente nel gruppo WhatsApp del corso, ma non partecipando alle lezioni non ho mai granché da dire. Ci si allontana, è inevitabile.

Vorrei dire la stessa cosa di te, ma non riesco.

Nonostante tutti i casini, nonostante le mie mille paure mi sono sempre fidata di te. Magari spesso risulto pesante, impulsiva e terribilmente testarda perché non accetto la realtà. Ma mi ha fatto male la tua scomparsa. E penso che tu mi debba qualche spiegazione.

È stato tutto così maledettamente veloce. Un po' come quella pioggia improvvisa che lacrima sul mondo quando non hai l'ombrello.

Ho smesso di sognare. Credo che il problema principale sia dentro di me, nelle parti più sconosciute di me stessa.

Negli anni ho perso pezzetti del mio cuore e adesso ho l'impressione di essere rimasta con un organo di carta. Sì, di carta.

Definirlo "di pietra" sarebbe comico, visto che il mio continua a spezzarsi, a perforarsi. E la pietra non si scheggia.

Ma posso prendermela solo con me.

Linda

33

Cara Linda, perdonami.

Hai ragione, sono stato pessimo, sono sparito da un giorno all'altro senza pensare che ti avrei fatto soffrire. Allora ti chiedo scusa. Scusa per averti abbandonata in una fase così critica della tua vita. Scusa per aver tradito la tua fiducia, scusa per non esserci stato, scusa per averti trattata come non meritavi. Scusa, scusa, scusa, scusa.

All'inizio avevo pensato di ignorarti per un po', giusto un paio di giorni, per poi farti una sfuriata. Ma la situazione mi è sfuggita di mano e più il tempo passava, più le cose peggioravano.

Mi sei mancata, sai? Come sta andando adesso? Tra poco si ritorna in patria, eh? La Sicilia ti sta aspettando. Tutti noi ti stiamo aspettando, perciò non dire sciocchezze. Anzi, visto che tra poco ci vediamo, rimandiamo i nostri commenti, ti va? Devo assolutamente parlarti.

Nel frattempo posso raccontarti che comunque, in tutto questo lungo inverno che ti ha tenuta lontano da qui, contrariamente a quanto pensi non ho smesso di pensare a te e sono passato spesso a trovare tuo nonno. L'ultima volta due settimane fa. Sta alla grande, non devi preoccuparti. Stava riparando un vecchio mobile in garage... Una riparazione molto fai da te, diciamo. Un chiodo di qua, una vite di là... Non offenderti, ma secondo me quella vecchia panca era molto meglio prima che lui la "sistemasse", forse dovrebbe smettere di guardare "Paint your Life" in TV.

Non oso immaginare la reazione di tua nonna. Quando sono passato era dalla parrucchiera e secondo tuo nonno poi si sarebbe fermata a giocare a burraco con le altre clienti. Da quando gioca a carte? Pensavo si dilettasse soltanto con ago e filo.

Col gruppo scout abbiamo organizzato le uscite estive, ma io non credo di andarci. Per la gioia di Walter molto probabilmente questo sarà il mio ultimo anno. Prima era divertente, ora invece sta diventando un peso. È arrivato il momento di smetterla di montare tende in campeggio, almeno per me. Senza di te nella squadra è cambiato qualcosa, l'entusiasmo non è più quello di prima. Parola di lupetto.

Adesso devo andare, spero solo che questa lettera ti abbia fatto piacere.

Non vedo l'ora di rivederti.

Matteo

34

Tra una settimana si parte per tornare a casa. Dopo cinque lunghi mesi. Mi pare incredibile.

Come mi sento?

Non so perché, ma l'avvicinarsi del mio compleanno mi rende particolarmente malinconica. Da piccola ho sempre attribuito un valore speciale a questo giorno. Era un evento da festeggiare a tutti i costi. Col tempo, però, ho smesso di aspettare la mezzanotte per sentirmi un po' più grande del giorno prima. Credo che la sfortuna di crescere sia quella di perdere la magia delle piccole cose, quelle che, in fondo, ti rendono felice.

A volte vorrei poter tornare agli anni spensierati dell'infanzia, quando non ci si aspettava niente dal prossimo, quando un pacchetto di figurine Panini all'uscita da scuola illuminava la giornata. Che poi, ogni anno alla fatidica domanda "Cosa vorresti ricevere per il compleanno?" diventa sempre più difficile rispondere.

Per il mio sedicesimo compleanno vorrei poter cambiare il mio modo di relazionarmi agli altri. Vorrei cambiare il giudizio che ho di me stessa. Vorrei che fosse l'anno della svolta, della rivincita. Vorrei, vorrei, vorrei.

La prof di greco e latino ha spiegato per due ore di fila e a un certo punto pensavo di avere le allucinazioni. Una Via

Crucis vera e propria. Finché non ce l'ho più fatta e le ho chiesto di uscire dalla classe con una tipica scusa.

Posso andare al bagno? Potrei andare a prendere una bottiglietta d'acqua? Dovrei consegnare un modulo in segreteria, posso? Bla bla bla.

Ho vagato un po' per i corridoi sotto gli occhi indifferenti dei bidelli e alla fine ho deciso di andare in bagno. Certo, non il massimo della poesia, ma nello stanzino segreto c'è sempre il rischio di incontrare Leonardo o qualcuno dei suoi amici, mentre qui nell'ultima cabina c'è una finestrella che dà sulla strada e una piccola sporgenza che mi permette di sedermi e osservare la vita là fuori.

Le persone passano in fretta, sembrano tutti molto indaffarati. Il mondo corre e non aspetta, e adesso mi sembra di sentire tutta la sua stanchezza...

Sembra stupido, lo so, ma a volte è importante fermarsi un attimo a pensare.

Non credevo che le cose potessero cambiare tanto in poco tempo. In fondo, oggi sono diversa ma sono pur sempre io. Io che cerco attenzioni, ma non c'è nessuno, io che passo le notti in bianco. Io che cerco di scappare da questo posto, da chi non mi comprende. Io che fingo di aver superato ogni male, quando invece sta ancora logorando il cuore. Io che continuo a illudermi anche se chi si illude soffre il doppio. Sono sempre io, la stessa persona di sempre. E il mondo là fuori non mi porgerà il suo aiuto quando cadrò. Nessuno rallenterà il suo passo per affiancare il mio. Mi chiedo però cosa importi.

«Occupato!» grido in risposta all'ennesimo *toc toc*. È mai possibile che non si riesca a stare un attimo in pace? Forse questa piccola finestra è il rifugio anche di altri. Forse non sono l'unica a vederci uno scorcio di libertà. Libertà di pensare, libertà di immaginare. Oggi il cielo ha degli strani bagliori di luce, non mi stancherei mai di guardarlo. Di tanto in tanto, piccoli sbuffi di vento allontanano le nuvole.

«Per il tuo compleanno andiamo in Sicilia! Non sei felice?» ha detto mia madre l'altro ieri. Sì, felicissima. Peccato che stia andando tutto a rotoli. E anche se Matteo mi ha risposto scusandosi non so più cosa pensare di lui. Non mi convince.

«Linda, sei qui?!» sento urlare fuori dalla porta. È Angela.

«Sì» rispondo senza far scattare la serratura.

«Stai bene? La Puglisi mi ha mandata a cercarti. Manchi da mezz'ora.»

Come sto? Che scusa inventerò adesso? Il solito mal di pancia? Al diavolo.

«Dille che sto vomitando e che probabilmente ho un virus influenzale. Non so, inventati qualcosa» taglio corto. Sto parlando ad Angela da dietro la porta del bagno: è ridicolo, lo so, ma non voglio vederla. Non voglio vedere nessuno. Voglio restare qui fino a quando l'ultima campanella indicherà che la giornata è terminata.

«Se le dico così poi ti manda in infermeria. Vuoi aprirmi o no?» dice. Gira a vuoto la maniglia producendo un rumore stridulo insopportabile.

Infastidita, decido di arrendermi.

«Ma che diavolo ti prende?» dico ad Angela uscendo dal mio "rifugio".

Lei fa gli occhi a fessura, e io mentalmente mi preparo già al suo attacco.

«Cosa prende a me? Sei seria?! Vuoi spiegarmi che succede? Fai parte di una setta satanica e pratichi rituali nel bagno della scuola?»

Ecco, appunto.

«Ho mal di stomaco, okay?» mento spudoratamente, sperando che se ne vada.

«Sì, certo, certo. Forse dovresti vedere un medico per questo mal di pancia ricorrente, no? Magari sei incinta e il bambino scalcia troppo forte.»

Sei patetica, Angela. Battuta pessima.

«Mi stai dando della cicciona? Dimmi come dovrei interpretare questa frase.»

«Ultimamente non sei più tu, Linda. Anche Andrea l'ha notato, e lui non c'entra niente. Capisco che tu ce l'abbia con me per la storia di Leonardo, e ti ho già detto mille volte che mi dispiace. Non possiamo metterci una pietra sopra? Non vuoi parlarne? Continui a pensare a lui, vero…?»

«Ah, ti dispiace? Sul serio? Perché mentre lo baciavi non sembravi affatto dispiaciuta.»

«Vuoi continuare così? Vuoi insistere con questo odio nei miei confronti e nei confronti del mondo intero? Oh Linda, io ci tengo molto a te, davvero. So di aver sbagliato e ti prego sinceramente di perdonarmi.»

Angela fa un passo avanti e all'improvviso ripenso al primo giorno di scuola, a quel sorriso gentile che mi ha rivolto, a quando mi ha invitato alla sua festa. È stata la prima persona a dimostrarsi carina con me in classe. Ripenso a questi mesi passati insieme, ai pomeriggi in cui abbiamo studiato insieme, una a casa dell'altra, alle nostre risate.

È vero, mi ha ferito, e magari non l'ho del tutto perdonata, ma non voglio perderla. Forse ha ragione chi dice che gli amori passano, ma le amicizie, quando sono sincere, restano.

«Ti voglio bene, scema» mi dice abbracciandomi.

«Lasciamo perdere, okay?» le rispondo con gli occhi lucidi. «E ora sarà meglio tornare in classe, altrimenti poi chi la sente, la Puglisi.»

35

Oggi è una giornata quasi estiva. Le temperature sono molto alte nonostante sia solo marzo.

Alle prime due ore c'è il compito in classe di matematica, e non posso dire di sentirmi prontissima.

Quando la Banni distribuisce i fogli non si sente volare una mosca. E sì che la matematica in un liceo classico non dovrebbe avere il potere di seminare panico e terrore.

Do un'occhiata veloce, il compito mi sembra facile. C'è addirittura il rischio che io suggerisca agli altri qualche soluzione, dato che la prof è troppo ingenua per pensare di separare i banchi o distribuire esercizi diversi a file alternate.

Intorno a me vedo facce soddisfatte, mentre la Banni torna alla cattedra e serafica estrae dalla sua borsa di tela il lavoro a maglia.

«Giarratana, ti dispiacerebbe venire qui un momento?» mi chiede inaspettatamente. Ci mancherebbe. «Sto facendo questo maglione per mia figlia, che secondo me ha più o meno la tua taglia, vorrei capire se va bene di spalle.»

Mi fa girare e mi appoggia il rettangolo di lana alla schiena. Ormai sono abituata a queste sue stravaganze, non è la prima volta che mi coinvolge.

«Perfetto, come immaginavo. Grazie cara, torna pure al tuo posto e buon lavoro» mi sorride.

Le ore dei compiti in classe sono precedute da momenti di ansia, ma in compenso passano molto più in fretta di quelle in cui la prof spiega per tutto il tempo... Oddio, dovendo proprio scegliere, il massimo è quando interroga e il fortunato non sei tu, ovviamente.

Finisco prima del tempo e consegno. Andrea e Angela mi hanno fatto segno che anche per loro è tutto okay, è andata bene stavolta.

Il mio cellulare vibra. È un messaggio di Giada: "Ciao piccola, come stai? Venerdì scioperi per il clima? Vieni in manifestazione? Global Strike For Future. Io ho chiesto un permesso al lavoro, ci sarò".

Ultimamente molti di noi seguono la sedicenne svedese Greta Thunberg, la prima a ideare un vero e proprio *sciopero* per il clima: per mesi, indipendentemente dalle condizioni atmosferiche, tutti i venerdì si è piazzata davanti al Parlamento svedese con un cartello, SCIOPERO SCOLASTICO PER IL CLIMA, per protestare contro le emissioni del suo Paese, non in linea con gli accordi di Parigi, e contro i politici, che continuano a mentire sui dati reali e minimizzano il pericolo. Lo sciopero andrà avanti finché i valori delle emissioni non si normalizzeranno. Greta è stata invitata a partecipare a varie conferenze ONU, ed è richiesta in tutto il mondo, ma lei non viaggia in aereo, un mezzo troppo inquinante, perciò per ora ha ristretto i suoi spostamenti all'Europa. All'inizio era sola, ma piano piano è nato un movimento mondiale ispirato alla sua battaglia. Devo ammettere che è stata Giada a spiegarmi molte cose, e gliene sono grata. Del resto, il fatto che oggi ci siano venticinque gradi a metà marzo la dice lunga sulla gravità della situazione.

"Certo amica, ci sarò!" le rispondo con entusiasmo. Dovrò spiegare ai miei genitori il senso di questa protesta, ma sono certa che capiranno.

Torno a casa di ottimo umore.

Mamma sta finendo di allestire il suo "salone" domestico, ormai ci siamo.

Si è procurata una poltrona e uno specchio a parete, un

casco professionale e un paio di phon, l'attrezzatura minima indispensabile per il suo lavoro.

«Ciao Linda, ti ho lasciato in caldo un piatto di pasta» mi dice appena entro in casa. «Io ho da fare.»

«Viene qualcuno oggi?»

«Sì, la signora Maura, quella del terzo piano. Le ho promesso una tinta speciale e un nuovo taglio. Com'è andata a scuola?»

«Tutto bene, grazie. Venerdì in compenso non ci andrò.»

«E perché? Già la settimana prossima perdi qualche giorno, col viaggio in Sicilia…»

«Sì, ma è per una cosa importante per il nostro futuro.»

«Il futuro di chi?» mi chiede stralunata con in mano pettine e forbici.

«Il nostro, mamma, di noi giovani. Hai mai sentito parlare del surriscaldamento globale? Venerdì c'è una manifestazione e intendo partecipare.»

«Ma senti questa, ogni giorno ce n'è una nuova. Com'è andato il compito di matematica?»

«Bene, ma che c'entra?»

«Vabbe', senti, parlane stasera con tuo padre, okay?»

Papà ha capito. Abbiamo chiacchierato a lungo, come non accadeva da tempo, ma non è stato difficile convincerlo, ne ero certa. E in fondo lui la pensa come me: il cambiamento climatico è una questione troppo importante per poterla ignorare. Chissà, forse il nostro imminente ritorno in Sicilia lo rende particolarmente di buonumore.

Ho coinvolto anche Angela e Andrea, e stamattina sono venuta qui con loro. Il corteo parte da Cairoli e c'è tantissima gente, migliaia di ragazzi. Molti hanno un cartello con scritto NESSUNO È TROPPO PICCOLO PER FARE LA DIFFERENZA, un'altra delle frasi di Greta. Alcune ragazze si sono dipinte la Terra sulla faccia; sono carine con le guance blu e verdi.

Giada mi viene incontro sbracciandosi, le presento i miei due compagni di classe, anche se lei e Angela si sono già viste in una circostanza che sto cercando di dimenticare.

«Ciao amica! Che bello vederti. Loro sono, ehm, Angela e Andrea.»

«Oh ragazzi, è un piacere, finalmente. Andrea, ho sentito taaanto parlare di te» scherza Giada.

«Ma smettila!» le dico dandole una spintarella affettuosa.

All'improvviso, Angela mi prende per mano e mi trascina via: «Vieni! C'è anche mia cugina, andiamo a salutarla».

«Che ti prende?»

«Niente, voglio solo presentarti Roberta.»

Invece con la coda dell'occhio vedo Leonardo, ecco perché Angela mi porta via. È con il suo famoso cane Brian. Chissà a chi lo lasciava quando uscivamo io e lui… Naturalmente è circondato da un gruppo di ragazze che gli stanno facendo i complimenti su quanto è caruccio, mentre quello tira zampate a destra e a sinistra. Decido di ignorarlo e non pensarci.

C'è un'atmosfera bellissima. Molti hanno appeso allo zaino la borraccia dell'acqua, che è diventato un simbolo della protesta. Ecco, questo mi fa pensare a Matteo e al fatto che tra poco lo rivedrò. Chissà se esiste ancora la supplente di scienze o se è tornata la Rienzo…

In compenso la cugina di Angela esiste davvero e sembra anche simpatica. Ci fermiamo un po' a parlare con lei.

Un ragazzo sandwich passeggia con addosso il messaggio: FARÒ I MIEI COMPITI QUANDO VOI FARETE I VOSTRI.

Dietro di lui si materializzano Andrea e Giada. «Ehi, siete sparite!» ci dice lui.

«Sì, scusate» sorride Angela esibendo le sue fossette. «Vi presento mia cugina Roberta.»

«Linda» mi dice Andrea con interesse «la tua amica mi ha appena raccontato che nuoti da Dio.»

Guardo Giada con la faccia a punto di domanda, ma lei allarga le braccia e si mette a parlare con Angela e Roberta.

«Sì, me la cavo, anche se non sono Federica Pellegrini, perché?»

«Niente, stavamo facendo un altro discorso ed è venuta fuori questa cosa. Mi ha detto che in Sicilia nuotavi regolarmente, mentre qui no.»

«È vero» mi acciglio. «Vado ogni tanto. Sono stata alla Cozzi qualche volta.»

«Ti va se ci andiamo insieme, dopo Pasqua? È da una vita che ci penso, ma sono troppo pigro per andarci da solo: se qualcuno mi tira in mezzo è la svolta!»

«Ahahah okay. Ma sai nuotare?»

«Si dà il caso di sì, simpaticona. Allora mi raccomando, aspetto un tuo invito.»

«È una promessa.»

36

Allaccio la cintura di sicurezza. L'oblò è una finestra su Milano che si allontana. Guardo fuori ma in realtà mi guardo dentro: come sempre, il panorama non fa che rimandarmi alla mia confusione, ai miei stati d'animo contorti. I miei genitori sono seduti accanto a me, attenti alle indicazioni luminose del volo – vietato abbassare il sedile, vietato andare in bagno – mentre io sono da tutt'altra parte. Ripenso agli ultimi mesi, alle novità piacevoli e ai tanti casini che sono successi. Qualche giorno di distacco mi aiuterà a fare chiarezza e a dare il giusto peso alle cose... e alle persone che ho incontrato. Per fortuna ho conosciuto una ragazza straordinaria come Giada. Ieri sono passata a salutarla mentre preparava i bagagli per Genova: i delfini l'aspettano, era eccitatissima. Mi mancherà, e comunque le ho promesso che andrò a trovarla al più presto.

Ripensando a questi mesi apro a caso il mio quaderno, scorro i pensieri sulle pagine. Niente di allegro mi cade sott'occhio.

"*Amiche.* Comico da parte vostra definirvi tali. E queste sono le amicizie che dovrebbero distinguersi nella mia vita? Non credo proprio. Quindi smettiamola di definirci gli amici migliori di sempre, perché quelli veri non portano i vostri nomi, né tantomeno il vostro comportamento. Ci sono amicizie più false degli occhiali Ray-Ban venduti sulla spiaggia. *Amiche* più irritanti dell'offerta 99 centesimi al supermercato. Mi diverte il vostro modo convinto di sentivi presenti e partecipi nella mia vita, quando invece di me sapete proprio poco. Grazie a voi ho compreso che non è vero che nei momenti difficili scompaiono tutti. Si riesce a capire chi c'è sempre stato e chi invece fingeva di farlo."

Sfoglio qualche pagina.

"Siete falsi. Scadenti imitazioni di amici veri. Un po' come quelle merendine che quando pressi l'involucro non scoppiettano neanche un po'. E sfatiamolo il mito per cui sarebbe colpa del mio carattere complicato se non ho amici su cui contare. Preferisco passeggiare da sola, piuttosto che riempire la mia bacheca con foto di *amici* che sorridono all'obiettivo e poi mi criticano alla prima occasione. È superfluo da parte vostra cercare di sembrare ciò che non siete e non sarete mai. Come le imitazioni delle scarpe di marca, con la firma sulla suola che sembra aramaico antico. Perciò finitela di sorridermi: i vostri occhi mi parlano di tutta la vostra ipocrisia."

Chiudo il quaderno. Sicuramente devo fare i conti con qualche delusione, ma le cose stanno migliorando. Mio padre si è addormentato e mia madre è evidentemente alla ricerca di qualcuno con cui chiacchierare.

«Allora, quest'anno come vorresti la torta?» mi dice appena alzo la testa dai fogli. «Che ne dici di pan di Spagna, chantilly e fragoline?»

«Quale torta, mamma?» So benissimo che intende quella per il mio compleanno, ma non ho voglia di parlarne. Quale sedicenne non vorrebbe festeggiare il proprio compleanno? Sembra assurdo anche a me. Io che ho sempre amato soffiare sulle candeline sono arrivata al punto di non volere più neanche la torta.

«Come *quale*?» insiste.

«Può farla la nonna, è brava con la crema pasticcera» dico cercando un compromesso.

«Ma ci vorrà un dolce grande. Inviteremo tutti i tuoi amici, non li vedi da tantissimo.»

Colpita e affondata.

Non ci sarà alcun amico, mamma. Nessuno.

«Veramente preferirei una festa in famiglia.»

«Come vuoi» si limita a rispondere. «Ma non sei contenta di tornare?»

«Certo.»

«Io non ti capisco, Linda.»

Sai che novità!

La Sicilia ci sta aspettando, la nostra amata terra richiama i suoi cittadini in trasferta per una Pasqua memorabile... Sì, come no. A volte credo che potrei scrivere gli spot pubblicitari per la TV, mi riesce bene esaltare le cose.

Sono contenta? Non saprei. Non vedo l'ora di riabbracciare i miei nonni, ovvio. Ma per il resto... di Matteo non so più cosa pensare. Si è scusato, è vero... ma c'è comunque qualcosa di strano nel suo continuare a far finta di niente. Chissà se verrà almeno a prendermi all'aeroporto?

Per un attimo voglio pensare solo a me.

Forte come una roccia ma fragile come una bambina, io che percepisco il sole ardere dentro anche di notte, non voglio mettere l'universo in pausa. "In pausa" come quella canzone che suona nelle cuffie ma fa riaffiorare troppi ricordi che sarebbe meglio cancellare.

Forse è impossibile cestinare gli sbagli, i rimorsi e le esperienze negative. Ho capito che il "mai più" non si avvera mai e che il "per sempre" finisce. "Domani" è sempre troppo tardi e "oggi" è un azzardo.

Credo di essere arrivata alla conclusione che dentro ognuno di noi esista un'emozione strana, una solitudine incolmabile. Una di quelle senza nome, nate senza un vero motivo. Una solitudine che ricorda sempre il passato, gli sbagli, gli amori finiti e le amicizie perse. Una solitudine nascosta ma presente in ogni avvenimento. Ogni piccola gioia ha il retrogusto della fine. Ogni felicità ricorda la sconfitta passata. Ogni conquista ricorda di quanto si sia faticato per arrivare alla meta. E forse va bene così. Dovremmo essere orgogliosi delle nostre cicatrici, dimostrano il riscatto, la rivincita.

Alcune però sono più dolorose di altre.

E quindi, che bisogna fare? Se avessi una sfera magica o la lampada di Aladino cercherei immediatamente le risposte a tutte le mie domande. Non è facile, ma di una cosa sono sicura.

Mi auguro di non nascondermi mai come se la vita fosse un continuo "nascondino" dove vince chi non è stato trovato. Mi auguro di non restare mai in disparte, in un angolo, dimenticata da chiunque. Persino da me stessa.

«Mi stai ascoltando?» sobbalzo non appena la mano di mia madre scuote il mio braccio. «Slacciati la cintura, siamo arrivati.»

Mio padre mi guarda e mi sorride.

37

Ad aspettarci all'aeroporto ci sono i nonni. Solo loro. Matteo non è venuto. È stato stupido persino sperarci. Eppure sapeva che saremmo tornati oggi. Forse vale davvero la pena di smettere di pensare anche a lui. Chi non mi ama non mi merita: questa è la nuova Linda.

È stato bellissimo rivederli. Il nonno ha la sua giacca migliore, profumata di ammorbidente, la pelata con qualche capello grigio, il pancione tipico di un pensionato che si gode la vita.

«Mi sei mancato» gli dico stringendolo fortissimo, senza alcuna voglia di staccarmi da quell'abbraccio tanto desiderato.

«Oh Linda, non far piangere tuo nonno. Sai che sono un sentimentale» dice emozionato. Gli stampo un bacio sulla guancia e mi butto tra le braccia di mia nonna.

«*Carusitta mia!*» dice stringendomi così forte da togliermi il fiato. «Ti ho preparato gli arancini.»

I nonni, che Dio li benedica. Mi piace immaginare che un giorno, quando indosserete le ali più belle di tutto il Paradiso, continuerete a seguire i miei passi, proteggendomi da sopra le nuvole. Intanto il tempo se ne va e ci divide sempre un po' di più.

Io divento più grande, intraprendo nuovi percorsi, mentre voi vivete gli ultimi attimi del vostro amore su quella terrazza, aspettando che io trovi il tempo per stare un po' con voi. Quell'altalena su cui sedevo mentre le vostre mani stanche mi dondolavano resterà sempre il mio posto preferito al mondo. Il mio luogo felice.

Quella bicicletta ormai arrugginita che mi avevate regalato resterà sempre il mio oggetto più caro. Chi saprà capirmi, quando voi non ci sarete più? Chi mi consolerà? Mi avete sempre ascoltato con attenzione, senza interrompermi, come se stessi raccontando la cosa più interessante del mondo anche quando si trattava di sciocchezze.

«Allora, com'è andato il viaggio?» chiede il nonno, aiutandoci con le valigie mentre usciamo dall'aeroporto.

Il mare, eccolo finalmente. Quanto ho desiderato guardare l'orizzonte per scorgere il mare... Credo che non si possa raccontare la Sicilia a chi non l'ha mai vissuta. La ghiaia sotto le scarpe, le strade non perfettamente asfaltate, il sole che picchia in ogni stagione dell'anno, il mare che culla la sua terra, gli autobus mai in orario, la metropolitana inesistente, il dialetto inconfondibile, la cucina, il caffè offerto al bar da un amico, accompagnato dall'immancabile bicchiere d'acqua. La *menza ca panna*, la granita, che qui è un dolce freddo al cucchiaio e non ghiaccio colorato come in tutto il resto del mondo. La Sicilia, perfetta nelle sue mille imperfezioni, è la mia terra, e io non la cambierei mai con nessun'altra.

I nonni ci accompagnano a casa. Mi sembra di essere lontana da sempre.

«Eccoci» dice mia madre eccitata, infilando la chiave nella porta d'ingresso. Conosco i passaggi a memoria: tre scatti a destra, di cui l'ultimo un po' più forzato degli altri. Papà si fa strada nell'ingresso e riattiva il contatore della luce. La casa è semivuota, l'aria viziata.

Mi precipito nella mia cameretta. È proprio come l'avevo lasciata. Mi butto a capofitto sul letto, comodo come sempre. Prendo il cellulare e mando un messaggio a Giada e uno a Miriam.

"Sono appena arrivata a casa, mi manchi già. Come farò

senza i tuoi consigli? Prometto di stare attenta ad abbinare i colori! Niente felpa grigia ;)"

"I'm back!!! Sono tornata. Vediamoci prima possibile, ti va?"

Internet qui è un miraggio e il telefono prende a fatica. Gioco un po' a *Geometry Dash*, ma presto decido di lasciar perdere. Per fortuna ho il quaderno azzurro, la scatola nera della mia vita, un'esistenza così incasinata da farmi paura. Lo apro e stacco l'ennesima pagina per trasformarla nell'ultima lettera al mio migliore amico. Ma ha ancora senso chiamarlo così?

Caro Matteo,

volevo scriverti quanto è dura, quanto fa male aspettare un messaggio che non arriva, sperare in una telefonata che non illumina mai il display del cellulare. Volevo scriverti di quella sera in cui non rispondevi, lasciandomi nel limbo di quel visualizzato. Che ne sai di quanto mi hai fatto bene, di quanto mi hai fatto male, di come avessi raggiunto il Paradiso per poi essere cacciata (manco fossi Lucifero!). Volevo scriverti della voglia che mi assale, delle frasi che digito e cancello senza nemmeno riguardare, del vuoto dentro appena sento il tuo nome. Volevo scriverti di me senza te.

Noi come quella fine che non smette mai di ricominciare. Dimmi perché mi fai male. Dimmi perché spero ancora che in noi ci sia una parte da amare. È cambiato tutto, non posso sopportarlo. Mi hai lasciato in un mondo che non fa per me. Sento l'ansia e la paranoia giocare alla pentolaccia col cuore. Soltanto con te riuscivo a dimenticarmi di ogni paura. E tu ti sei dimenticato di me, è questo? È terribile.

Accartoccio il foglio e lo butto via. Niente più lettere, devo metterci un punto definitivo.

Se solo fosse facile.

38

«Auguriii!»

Mia madre mi sveglia scuotendomi e spalancando le imposte. La stanza è invasa dalla luce.

«Svegliati, pigrona, i nonni stanno per arrivare, è già quasi tutto pronto.»

Non vedo l'ora.

Accendo il cellulare e compare immediatamente una lunga serie di messaggi di auguri: Andrea, Angela, Giada, Miriam... Ah, ce n'è anche uno di Matteo.

"Ciao Linda! Bentornata e tanti auguri. Che ne dici se ci vediamo domani? Oggi purtroppo ho un impegno, perdonami :P"

Ma figurati, che importanza vuoi che abbia? È solo il mio compleanno, è solo che non ci vediamo da cinque mesi, è solo che abbiamo litigato. Perciò non ha proprio nessunissima importanza che tu, oggi, abbia preso un altro impegno.

Vietato farsi prendere dallo sconforto. Vietatissimo.

Per fortuna Miriam, oltre al classico poema d'auguri che da tre anni a questa parte non mi ha mai fatto mancare, mi chiede di uscire. Perfetto. Missione splendore. Mi preparerò proprio come una regina, questa giornata sarà comunque una festa.

Mi faccio una doccia per rinfrescarmi, incredibile, qui sembra già estate, dopodiché studio la situazione in valigia: mmh, direi che non c'è discussione. Indosserò il vestito che ho comprato con Giada, mi pare di vederla mentre scuote la testa di fronte ai miei maglioni sformati. Una delle sue frasi preferite è: "Questo abbigliamento non ti valorizza, amica".

Quando siamo entrate in uno degli inavvicinabili negozi di corso Como è stata lei a vedere l'abito per prima e a impormi di provarlo: era un pezzo della stagione passata con un prezzo decisamente più accessibile.

Adoro il momento dell'anno in cui si chiudono i cappotti nell'armadio, si riprendono in mano le T-shirt e ci si libera delle calze. Benedetta primavera! Andarsene a zonzo dopo il lungo grigiore invernale e assaporare i primi gelati che ancora gelano eccessivamente il palato. Nessuno sembra più aver voglia di starsene rintanato nel salotto di casa a guardare la televisione e l'estate e le sospirate vacanze sembrano ormai dietro l'angolo.

Mi infilo il vestito blu notte, ha il corpetto aderente senza maniche e la gonna larga e corta. Niente male davvero, grazie Giada. Mi trucco e mi spazzolo a lungo i capelli, voglio essere carina a prescindere da quello che mi riserverà la giornata.

«Buon compleanno alla sedicenne migliore che io conosca!» esulta radiosa la nonna affacciandosi alla porta della mia cameretta.

«Grazie nonna, ora vengo ad aiutarvi.»

«Tranquilla, è già tutto pronto» mi dice accarezzandomi i capelli. «Non vuoi che ti faccia le trecce?»

Non le ho mai amate, ma me le lasciavo fare perché sapevo che le faceva piacere prendersi cura di me. Adesso però basta. È ora di dire addio a Pippi Calzelunghe.

«No, grazie nonna, i capelli vanno bene così.»

«Come vuoi, tesoro.»

La tavola è già imbandita, la mamma ha preparato l'agnello coi piselli e la *cuddura*, quel dolce assurdo... Ma non mi aveva parlato di chantilly e fragoline? Invece mi toccherà discutere, come quando ero piccola, sulle uova da buttare. Mi chiedo a chi sia venuto in mente per la prima volta di cucinare un dolce con dentro due uova sode con il guscio. Ma "l'importante è la tradizione" dice sempre papà. Menomale che i nonni hanno portato una cassata, mi butterò su quella.

«Linda, che splendore!» esclama mia madre appena faccio capolino in salotto. «Stai benissimo, dovresti vestirti così più spesso.» Riesce sempre a trasformare anche un complimento in un velato consiglio.

«Allora, li senti gli acciacchi da sedicenne?» Papà ci va giù pesante con l'originalità. «Devo dire che rispetto a ieri noto qualche ruga in più, tesoro.» Insiste.

Ci sediamo e, tra un augurio di buona Pasqua e uno di buon compleanno, in un attimo si fanno le quattro del pomeriggio. Mi alzo da tavola e do un bacio a tutti.

«Ciao, io vado da Miriam, ci vediamo più tardi.»

Che strano effetto camminare di nuovo per le strade della mia città. Sono successe talmente tante cose nel frattempo... Forse sono un po' cambiata, sicuramente cresciuta, chissà. Invece qui le cose sono rimaste uguali a sempre. Riconosco l'edicola all'angolo e ogni negozio, anche se oggi sono tutti chiusi. Quanti ricordi...

Miriam è stata l'unica a chiedermi di vederci oggi... Non ho parole per Matteo. Ma non voglio pensarci, ho deciso di non intristirmi per nessuna ragione al mondo. Più facile a dirsi che a farsi.

Il citofono di Miriam sembra fuori uso, come sempre, ma per fortuna il portone è aperto. Appena dentro, seguo con lo sguardo la rampa di scale che porta fino al quinto piano. L'ascensore sarebbe un'idea allettante, se solo ci fosse.

Salgo le scale ansimando – sono davvero fuori forma! – e, arrivata davanti la porta di Miriam, suono il campanello. Dall'interno sento un: «Avanti!».

Entro e... un'esplosione di candeline, luci, cori di auguri mi travolgono.

«SORPRESA!!!» urlano i miei amici. *Tutti* i miei amici. Ecco perché nessuno si faceva vivo! Ecco perché... Matteo aveva già *un altro impegno*.

Mi corre incontro e mi solleva di peso.

«Sei bellissima» mi dice guardandomi negli occhi. C'è talmente tanto frastuono che gli altri non ci sentono.

Sono tutti qui: Miriam, Antonio, Lucia e Aurora, l'intero gruppo scout, mia cugina.

«Non posso crederci!» urlo emozionata. È inevitabile commuovermi un po'.

«Amore ti prego, non piangere!» dice Miriam premurosa venendomi incontro. Quanto mi è mancata!

«Ma come ci siete riusciti?» chiedo dopo averli abbracciati uno per uno.

«Non chiederlo a noi, l'idea è stata di Matteo» dice Miriam facendomi l'occhiolino. «Mi ha chiamato per propormi di organizzarti una festa a sorpresa e ci siamo attivati subito.»

Matteo. Eri tu, dal principio. Il mio viso si illumina.

«Buon compleanno Miss Giarratana» bisbiglia impacciato. Sembra tutto così irreale che credo di stare sognando. La distanza, l'acerrima nemica, è stata sconfitta. Potrà dividere le persone ma non l'affetto che provano una per l'altra.

«Mi sei mancato tanto» riesco a dirgli, dopo un abbraccio infinito.

«Lo so. Anche tu a me» mi risponde serio. Il mio piccolo, grande Paradiso terrestre. La persona capace di salvarmi da ogni scheletro dell'anima è finalmente con me.

Quanto ho desiderato questo momento! Ora so di poter tornare a Milano più forte di prima.

«Ehm, ho una piccola sorpresa per te» mi comunica. «È nel portapacchi della bici, ti va di venire con me? È qui fuori.»

«Certo.»

Scendiamo le scale in fretta, due gradini alla volta.

«Bene, ora chiudi gli occhi» mi ordina.

«Ma così non riesco a camminare!» protesto.

«Fidati di me, ti tengo io.»

Stringo forte le palpebre mentre lui mi prende per mano, impedendomi di cadere. La ghiaia sotto le scarpe è l'unico suono udibile.

«Manca molto?»

«No, ora puoi aprirli.»

I miei occhi si riabituano alla luce del sole giusto in tempo per vedere Matteo con in mano una piantina di... erica. La *nostra* piantina! Quella che abbiamo seminato insieme il giorno prima della mia partenza per Milano, e che non era mai spuntata. O almeno così pensavo.

«Non posso crederci! Ci sei riuscito!»

«Visto?»

«Come hai fatto? Era praticamente impossibile!»

«Niente è impossibile per me, ricordatelo eheh. In effetti mi ha fatto penare, non è stato semplicissimo... È una pianta un po' selvaggia, proprio come te» mi dice tutto soddisfatto. «La supplente di scienze mi ha dato degli ottimi consigli, perciò ho creato un piccolo angolo di "brughiera" nel punto più fresco della casa. Una montagnetta di terra, irrigazione costante ma controllata per il drenaggio... Non ti dico la gioia di mia madre. Ma te lo avevo promesso, o sbaglio? Tra l'altro la prof sta mettendo in piedi un progetto di riqualificazione del verde per quest'estate, e io ho promesso di aiutarla. Quando torni in giugno puoi darci una mano... se ti va.»

«Ecco ora devo rimangiarmi tutte le cose cattive che ho scritto e pensato su di te. Ma perché non me lo hai detto subito che era spuntata?» gli chiedo mentre mi porge il piccolo vaso arancione.

«È successo da poco... Nemmeno io ci speravo più. E poi volevo farti una sorpresa.»

Credo che nelle nostre giornate si possano dimenticare molte cose: le chiavi di casa, il portafoglio, il cellulare. Ciò che non dimentichiamo mai, però, sono le persone importanti, quelle che ci mancano ogni secondo, che lasciano il segno nella nostra vita.

E io, Matteo, non l'ho mai dimenticato. Neanche un po'.

«Ascoltami Matteo, ci ho pensato. Per quanto abbia provato a fare a meno di te, di noi e del nostro rapporto, ho fallito miseramente. Se mai dovessimo perderci, promettimi che comunque lascerò qualcosa dentro di te. La tua mancanza mi ha provocato sensazioni strane, diverse da quelle a cui ero abituata. Insomma, ti consideravo il mio migliore amico, poi ho pensato che non lo fossi più, e ora non ci capisco più niente, ecco.»

Matteo si avvicina pericolosamente al mio viso e io abbasso lo sguardo arrossendo.

«Credo di provare qualcosa per te, Linda Giarratana» sussurra sollevandomi il mento con la punta delle dita.

Mentre il suo naso strofina il mio sento il cuore battere all'impazzata. È stato così, il nostro primo bacio. Nel vialetto deserto sotto casa di Miriam, una piantina di erica tra le mie mani e la sua bici accanto a noi. Delicato, come se entrambi avessimo paura di varcare la soglia del romantico. È stato così, l'inizio della favola che tanto avevo sognato. Non so dire di preciso quando sia nato questo desiderio, ma penso che noi due, anche senza saperlo, anche senza rendercene conto, anche a migliaia di chilometri di distanza, forse eravamo sempre stati lì. E ora Matteo è di fronte a me.

A tre centimetri dal cuore.

Ringraziamenti

Grazie ai miei amici per aver ispirato i personaggi di questa storia.

Grazie a mia sorella Ilaria per aver ascoltato le mie anticipazioni mentre scrivevo, a mia zia "Lella" per aver seguito tutti gli sviluppi, dimostrando di essere la fan più sfegatata, alla nonna Rosa per avermi fatto compagnia al telefono per lunghe ore.

Ma soprattutto grazie a mamma Nancy e a papà Giovanni per avermi supportata e incoraggiata in tutto il mio percorso.

Mondadori Libri S.p.A.

Questo volume è stato stampato
presso ELCOGRAF S.p.A.
Stabilimento - Cles (TN)

Stampato in Italia - Printed in Italy